revisão **Letícia Pilger da Silva**

Ilustração, capa e projeto gráfico **Frede Tizzot**

encadernação **Laboratório Gráfico Arte & Letra**

©Arte e Letra, 2023
Título original: Algunas familias normales
Copyright © 2020 Mariana Sández
Copyright © 2020 Compañía Naviera Ilimitada editores

"Obra editada en el marco del Programa "Sur" de Apoyo a las Traducciones del Ministerio de Relaciones Exteriores y Culto de la República Argentina".

"Obra editada através do Programa "Sur" de Apoio as Traduções do Ministério de Relações Exteriores e Cultura da República Argentina."

S 216
Sández, Mariana
Algumas pessoas normais / Mariana Sández; tradução de Nylcéa Pedra. – Curitiba : Arte & Letra, 2023.

140 p.

ISBN 978-65-87603-42-1

1. Literatura argentina   I. Pedra, Nylcéa   II. Título

CDD 868.9932

Índice para catálogo sistemático:
1. Ficção : Literatura argentina   868.9932
Catalogação na Fonte
Bibliotecária responsável: Ana Lúcia Merege - CRB-7 4667

arte & letra
Curitiba - PR - Brasil
Fone: (41) 3223-5302
www.arteeletra.com.br - contato@arteeletra.com.br

Mariana Sández

Algumas famílias normais

trad. Nylcéa Thereza de Siqueira Pedra

exemplar nº 144

Curitiba
2023

a meus pais e a meu irmão

De perto, ninguém é normal
CAETANO VELOSO

Índice

Para não sobrar tanto céu **9**

Diário de um animal **21**

Lua em Nova York **32**

As irmãs Requena **46**

Atas de assembleia de condomínio **53**

As choronas **58**

Retrato de família **75**

Algumas famílias normais **87**

Literatura **104**

O sonho de Leila **132**

Para não sobrar tanto céu

Agora você vai mostrar a foto para o teu pai e ele vai olhar para ela incomodado. Vai dizer *não ficou ruim, mas você poderia ter enquadrado melhor...* Até aparecer Florencia e deixá-lo nervoso, apressada em dizer que o comentário que ele fez foi generoso. Como se você também fosse o culpado pelo sorriso artificial dos dois que estragou a foto. Qualquer coisa que acontece no mundo a culpa é tua. Ainda que ela se faça de boazinha e se esforce. Ainda que não pare de te perguntar como vai a escola e se você tem namorada. Ela não se interessa por nada.

É certo que os rostos aparecem cortados e distorcidos, os corpos muito abaixo, esmagados contra o chão. Como se a terra tivesse sido comprimida ou como se o céu a tivesse engolido. Em cima, um enorme céu cinzento... É isso, ela disse, irônica como sempre: *para não sobrar tanto céu*. Precisava dizer? Eles não percebem que você ainda é um menino? Ou, o que esperam? Que mal tendo feito quinze anos você pegue a máquina e seja um Picasso? Ou coisa do tipo...

Lá estão eles discutindo de novo. Tudo por causa da fotografia que não ficou boa. Porque teu pai tenta te defender e Florencia não consegue parar de te atacar. E com aquela piscada, o que ela quis te dizer? Que está tudo bem e essas bobagens. Não está tudo bem, nunca está tudo bem entre eles. Com certeza ela está enchendo a cabeça do teu pai falando tudo o que você não faz direito: *Nicolás não pode ficar um minuto sozinho, já tem quinze anos e não sabe fazer nada, é muito imaturo.* Isso e dizer que você é um retardado... Deve ser um pesadelo para ele escutar a ladainha de que ela deve estar louca para continuar aceitando aquela vida, com a paciência no chinelo, com a paciência no chão. Essa frase é muito boa. Tua mãe não gosta quando você a usa, e isso porque não sabe que foi Florencia que a inventou.

Adivinha. Ela vai sair ofendida, andando depressa. Teu pai vai atrás dela, vai olhar as suas pernas e os olhos vão procurar pela sua bunda. Vai alcançá-la e apertá-la inteira, vão ficar agarrados e vão se beijar como adolescentes na escola. Você sabe disso de memória. Vão passar horas até que se lembrem de você, que você ficou sozinho, sem a máquina, porque a levaram enquanto brigavam.

E agora este casal de anões pede que você tire uma foto com a máquina deles. Estão de sacanagem, não escutaram toda a confusão? Não estavam ali vendo o que aconteceu? Diga a eles que não, idiota... Mas olha como eles são bacanas, impossível dizer não. Depois você vê o que vai fazer se não ficar boa, tira outras, pede desculpas e pronto. Até que eles se cansem de estar parados te esperando. Teu pai e Florencia não aguentam, querem que você registre bem todas as partes da paisagem que eles escolhem: que saia a palmeira de um lado, o mar atrás no exato momento em que uma onda quebra, eles com o peito estufado, quando estão dizendo "xis" e não estão fechando os olhos. Você mal tira a foto e eles desfazem a pose porque não aguentam; não suportam ficar juntos, não podem viver sem se matar. Os anões, por outro lado, estão grudados, com certeza falando coisas bonitas um para o outro, pelo jeito que se olham, pelo jeito que ele segura a mão dela e ela acaricia os dedos dele. Pelo jeito que os seus pés balançam no banco. Engraçado os pés não alcançarem o chão, isso acontecia com você no fundamental. Mas eles devem ter a idade de Florencia, dez ou doze anos a menos que teu pai.

Incríveis as brincadeiras que os anões fizeram quando se viram nas fotos. Ela tem uma risada contagiante. Até você morreu de rir. Te agradeceram, disseram que adorariam ficar com aquela lembrança, porque se você não estivesse ali, não poderiam sair juntos na foto. Não reclamaram porque sobrava céu nem nada. Longe disso, se divertiram muito, repetiram muitas vezes que estavam acostumados.

Depois, você pode dizer para o teu pai que eles te convidaram para jogar damas no bar do hotel. Eles contaram que gostam de ver as pessoas que voltam mais tarde da praia, com restos de areia e o cabelo grudado no rosto por causa do sal do mar, as crianças de chinelo ou descalças, arrastando a toalha, a prancha. Outros saem dos quartos de banho recém-tomado, perfumados, matando tempo antes de sair para passear. Eles te viram várias vezes nessa hora, enquanto você esperava o teu pai e a mulher dele. Dá para perceber que eles notaram que ela não é a tua mãe. Talvez porque ela é loira e você, moreno. Ou porque ela é muito nova. E porque se ela tenta te dar um abraço, você se esquiva. Ou pela forma como você a beija quando a cumprimenta: quase sem encostar a bochecha, beijando o ar.

Os anões estão tão felizes porque não têm filhos ou não os trouxeram, não sobra ninguém. Com o teu pai e Florencia é diferente quando estão com você ou quando estão sozinhos. Você percebe pela diferença das fotos de outras viagens. Abraçados, bronzeados, divertidos. Para você cabem as broncas, as caras enfezadas, as portadas, as ameaças de separação. Todos os finais de semana é a mesma coisa: discutem, ela sai sem parar de reclamar, sem olhar para trás, sem se despedir, sem avisar se volta.

Agora também discutem de noite, no quarto do hotel. Florencia chora porque quer ter um bebê. Você não consegue escutar tão bem a voz do teu pai, não dá para entender direito o que ele responde, mas diz que não, que outro filho, não. Ele fala de um jeito amargurado, como se falasse para dentro. Nessa parte, ela sempre grita que claro, que é muito fácil para ele não querer, porque já tem um filho, ela, ao contrário, vai ficar sem ser mãe e vai apodrecer de angústia... O que não dá para entender é por que vão ter outro filho se ficam bem quando estão sozinhos.

Ela volta, mas, ultimamente, você sente cada vez mais que talvez vá chegar um dia e teu pai vai te dizer alguma coisa do tipo acabou, ela não, eles não, chega. Não é bom para você que teu pai fique sem Florencia, idiota. Ele desmorona sem uma mulher do lado. E a separação da tua mãe não foi fácil.

Por isso, cara, peita essa, se esforce para seguir as regras dela. Para que não briguem pelo que você fez ou não fez. Mesmo sem saber se isso é o suficiente. Mesmo sem querer, alguma coisa sempre escapa, faça o que fizer. Como a alegria que ultimamente não quer aparecer nas fotos que você tira ou nas fotos nas quais você aparece.

Agora Nicolás passa todos os dias das férias com os anões. Como se o pai ou eu tivéssemos sarna ou o tratássemos mal. As coisas não estão tão boas entre nós como estão entre aqueles senhores, mas não é motivo para nos ignorar, somos família. E Guillermo, sempre igual, sem reagir, bunda mole, diz *sim, como você quiser, campeão, vai tranquilo, não volte tarde.* Aqui a questão é que você está com as mãos atadas porque não é a mãe. Caso contrário, você sabe como colocá-lo na linha.

Você já tinha visto esses dois anões antes. Na viagem de ida, mas você não contou para a mulher, porque ficou com vergonha que ela soubesse que você os observava. No porto, enquanto faziam o que era preciso para embarcar. Imagine que você ia comentar como ficou impressionada que os pais dela tivessem uma altura normal e que o pai a tratasse daquele jeito, como uma menina pequena. Dava para perceber que tinham ido se despedir. Se despediram através do vidro, o pai se agachou para ficar na altura dela, com os dedos apertados contra a janela. Parecia que queria tocá-la, acariciar o cabelo dela. A anã também colocava as pontas dos dedos como se tentasse passar o vidro, mostrava a língua e os dos riam e brincavam de ler os lábios um do outro. O marido apresentava os documentos no balcão. A mãe da menina estava ao lado do pai, mas séria, sem se meter em nada, bastante fria, pelo menos em comparação a ele. Talvez sentisse por tudo aquilo, não parecia ter aceitado. Deve ser muito difícil. Depende da maneira como se olha e o que se espera da vida, porque o pai estava feliz. E a menina também.

Também não dava para explicar que, depois, no barco, você viu que ela estava sentada em uma cadeira como os bebês; que o marido, sentado ao lado, a admirava como se fosse uma rainha, uma rainha boneca. Parecia que havia sóis em seus olhos. Você nunca viu alguém olhar para uma pessoa daquele jeito. Ou sim, Guillermo, quando o conheceu e durante os primeiros anos, até que começaram os problemas. Seria muito estúpido dizer para ela que você não parou de espiá-los durante toda a viagem porque estava encantada com o que via entre eles. Porque sentia saudades e achava que talvez te inspirassem para recuperar um pouco do que sente falta. Você até teve esperança de que, quem sabe, nestas férias, tudo se resolvesse.

Mas de vocês você falou muito. Depois, na praia, quando Nicolás os levou até a barraca. Me diga que sentido tinha contar para aquela mulher estranha toda a tua história com Guillermo e o menino. Sempre acontece a mesma coisa, você não fecha a boca e mais tarde se arrepende. Ele te mataria, tenha certeza. E se os anões deixam escapar para Nicolás que você quer engravidar? O menino vai e conta para o pai. Que você pressiona e ele não quer. Que você se sente rejeitada quando ele te nega um filho. Que algumas vezes você faz as suas manobras para engravidar de qualquer jeito. Que não pensa em ser uma mãe para Nicolás enquanto Guillermo continuar se negando a te dar um filho. Porque ele exige, e você faz o quê?, para você o quê? Ainda bem que você pediu que ela fosse discreta. Com certeza ela é uma boa pessoa, então não se preocupe; não sofra por antecipação, ela não vai te entregar.

Foi ela quem começou quando anunciou que estava de dois meses. Você fez bem em dar os parabéns, mesmo sentindo uma inveja enorme. Apaixonada e grávida, não dá para pedir mais. Foi cuidadosa ao falar de si mesma, e disse, com o mesmo tom baixo que usa normalmente, com uma doçura extrema, que ainda falta, até o terceiro mês nunca se sabe e, além disso, no caso deles, é difícil pensar que o bebê poderia ter algum problema fisiológico. Mas estão felizes, e é possível notar.

E a cara do Guillermo quando a mulher veio ontem mostrar as fotos que Nicolás tirou? É obvio que os convidou para se sentarem e romper o gelo da nossa mesa. Meu deus do céu, como conseguiam falar tanto daquelas fotos tão mal tiradas? Você nem as olhou direito. Os anões pareciam dois pontos escuros ao longe, só se via o céu. Estavam exultantes enquanto as mostravam, riam de si mesmos, de Nicolás, de nós. Propuseram que brindássemos pelo futuro. O futuro, claro. Nicolás e Guillermo pareciam dois bobos se abraçando com as sacudidas das risadas, os tapinhas nas costas, um caindo em cima do outro. É evidente que o clima trazido pelos anões os aproximou um pouco.

E a grande questão é que você sempre fica de fora: esse casal não gosta tanto de você quanto deles, apesar de você ter tentado se aproximar da mulher com assuntos de mulher, você é indiferente porque não é a mãe de Nico, não é a esposa de Guille, não tem um filho como eles vão ter. Você nem sequer é a atriz que sonhou que ia ser quando começou a carreira aos dezoito anos de idade. Nem vai ser, já ficou muito mais do que claro, ao longo desses anos, que os papéis principais não são o teu forte. E nesta idade, esqueça. Falo sério, Florencia, coloca na cabeça: tchau, tapete vermelho, adeus, Broadway. *Hello*, papéis secundários: figurante, madrasta, namorada. Convidada para uma cena minúscula na próxima novela porque você se mata na academia e está com o corpo em forma, com este rostinho bonito que, no final das contas, você também não sabe para que serve. Para que os homens na rua gritem barbaridades e você devolva com xingamentos. Você quer mais? Nem assinar um acordo de união estável o Guillermo quer. Desse assunto não se fala.

Você fez de conta que olhava as fotos de esguelha, para não parecer tão antipática, mas não conseguiu nem abrir a boca. Aquela felicidade histérica te causou náuseas. Fez você lembrar que uns têm tanto e outros, tão pouco. Como eles, como você. Como o pai da anã, como a mãe. Como o bebê que ela leva na barriga. Como Guillermo, que tem Nicolás. Como Nicolás, que vai ficar com tudo. Como os olhos que tinha Guillermo quando você o conheceu e os que tem agora.

Na volta das férias, você vai ter que encarar, Guille. Chega de tapar o sol com a peneira. Ter um filho aos cinquenta, cara... Para que Florencia fique ainda mais chata do que está. Ou *é*. Porque as mulheres potencializam as suas manias e as suas preocupações quando se tornam mães. E mãe de primeira viagem, ainda pior. Se não tivesse sido por toda a complicação desde o nascimento do Nico, talvez Estela e você ainda estivessem juntos. Não é que o menino tenha culpa, nós que éramos inexperientes e não soubemos levar as coisas. Você faria qualquer coisa para voltar no tempo...

Coitada da Florencia, ela acha que essa nova pessoazinha pode ajeitar a nossa vida: que a gente vai voltar a se apaixonar, que Nico, ela e eu ficaremos mais unidos. Se ela soubesse o desgaste que causa um filho nos primeiros anos: trabalho, cansaço, saturação. Imagine você, Guille, francamente, agora vai ter que trocar fraldas, esquentar mamadeiras de noite, ir ao plantão por causa de uma cólica. Depois procurar colégio e começar tudo de novo. Toda a história outra vez. Até que chegue na idade do Nico e fique deprimido porque foi abandonado por uma das tantas namoradas que já teve antes dos dezesseis. Quem dera você pudesse fazê-lo ver que daqui até que tenha uma relação de fato vão se passar muitos anos com dez mil desilusões. Que não vale a pena envolver-se em tudo, lutar todas as batalhas. Mas, ainda por cima, ter que ensinar que não engravide a namorada por um descuido, que não comece a fumar tão cedo, que não beba até a última gota das garrafas de vinho e de cerveja. Buscá-lo de madrugada nas noitadas. Se imagine por um minuto nesse cenário: passar a noite acordado com o bebê, com Florencia transtornada de cansaço, e você precisa ir buscar Nico às cinco da manhã em alguma festa. Ele sai tonto, com a cabeça girando, pretendendo dormir até a tarde do outro dia sem ser incomodado, o digníssimo. Você tentando fazer com que o bebê pare de chorar para não o acordar e Florencia furiosa porque você protege o grandão. Enlouquecedor.

Além disso, enquanto ela não for mais afetuosa com Nico, você não consegue imaginá-la como mãe de outro filho. Enquanto não lhe dirija a palavra e só fale para atacá-lo, parece uma loucura seguir adiante. Depois ela se sente culpada, te enche de carinho, faz de tudo para te agradar, mas não entende que o que você quer na verdade é muito simples: paz para Nico. Que encontre o seu lugar entre nós ao invés de ir procurar carinho em pessoas estranhas. Foi uma sorte o garoto ter encontrado aquele casal de anões, muito queridos. Mas o que você não consegue suportar é que teu filho tenha que procurar carinho fora, porque Florencia e a sua família de merda o afastam. Parece cada vez mais um marginal, um expulso. E disso para as drogas... Chega de meias palavras, cara, chega.

Principalmente porque Nico não é burro, nem ela. Já viram o seu olhar perdido, os dois já te falaram. Que você está ausente, que o seu rosto fica sério como se você estivesse pensando em coisas estranhas, como se a vida te cobrasse mais que a conta. Florencia chegou a acreditar que você estava com alguma doença terminal e estava escondendo. Mais do que um *by-pass* por enquanto não, você respondeu. Mas é verdade que ficou com o cabelo todo branco de repente, que a tua pele está cada vez mais seca e esverdeada pelas duas carteiras de cigarro que você fuma por dia, pelo mau humor frequente, pelos esquecimentos. Ao mesmo tempo que você sente a vida escorrendo pelas mãos, às vezes, ela parece um chiclete que você pisou na rua e que não consegue desgrudar do tênis.

Admita, você continua com Florencia porque ela é jovem, tem um bom corpo e é magnífica na cama, porque a sua carreira de atriz vai levá-la longe. Meio mundo daria a vida por uma noite com ela. Você gosta da sua intensidade. Só não nessa questão do filho. Mas tudo tem um preço, Guille, você não pode receber corpo, paixão, talento e futuro sem dar nada em troca.

Na volta, vai ter que dizer para ela que continua apaixonado por Estela. E sim, cara. Olhá-la nos olhos e reconhecer: por mais estranho que pareça, você continua caído pela de antes, a primeira, a mãe de Nico. Obviamente você vai precisar encontrar um jeito. Evitar dizer para ela que, se fosse por você, já fazia tempo que teria voltado para a mulher de quem se separou há seis anos. E que, ao entender o que tinha perdido, nos últimos tempos, foram se instalando dentro de você o colesterol, a arritmia, o excesso de cigarro, as ausências, a tristeza. O *by-pass*. O chiclete na sola do tênis que não te deixa andar livre, que te obriga a seguir grudado ao que você mesmo arrumou, ainda que não goste mais, ainda que se arrependa. E você ali, com um pauzinho de madeira, cutucando o chiclete para tentar tirá-lo da sola...

Me escute bem: Florencia não pode saber que você já convidou várias vezes Estela para tomar café, que ela resistiu, mas que da última vez aceitou e se encontraram. Ela esteve o tempo todo esquiva, mas em determinado momento você acariciou a mão dela e ela não a tirou nem se mostrou incomodada como das outras vezes. Quis saber, apenas, por que você sairia de férias com a babaca se estava dando em cima dela. O que está acontecendo, Guille, você está brincando, te perguntou compreensiva. É impossível enganar aquela italiana, ela tem um sexto sentido. Você adora isso nela. E ficou quieto, com os olhos fixos no decote sardento, já enrugado pelos anos e pelo excesso de bronzeado, mas impecável, como tudo em Estela. Não te exigiu nada, combinaram de voltar a se encontrar quando você voltasse da praia e tivesse resolvido a situação com Florencia.

Você não teve coragem de confessar isso para ninguém, apenas para o anão quando te contou que esperava um filho como Florencia e você. Você jamais tinha chorado na frente de alguém, exceto quando morreu a tua avó e você era infinitamente mais jovem. Agora, chorando rios, com um desconhecido. Um grande cara, mas desconhecido. Ele ficou arrepiado quando você explicou que não só não ia ter um filho, mas que você estava pensando em se afastar para dar a Florencia a oportunidade de construir uma família de verdade. Para dar a Nicolás um exemplo mais sincero. Para parar de fumar e diminuir as chances de um infarte próximo. Para, quem sabe, voltar a tentar com Estela.

E, de repente, se aproximar, pelo menos um pouco, durante estes anos em que ainda tem energia, dessa espécie de felicidade serena que eles, os anões, parecem disfrutar. Para imitá-los, por que não? Ainda há tempo de se corrigir e aprender a aproveitar.

Ele só insistiu para que eu me certificasse bem, porque, segundo a intuição da sua mulher, Florencia *já* estava grávida. Disse que viu na sua expressão, na forma como fala do assunto, e para essas coisas as mulheres são bruxas, não falham.

Você não se saiu tão mal quando respondeu a ele que, nesse caso, teriam que ver como continuariam. Talvez essa nova pessoazinha realmente consiga mudar o rumo das coisas. Talvez seja preciso viver mais um tempo com a amargura do enorme céu sobrando nas fotos.

Diário de um animal

Sábado 10 de março. Meia-noite.

A minha transformação começou quando nos mudamos. Primeiro, foram as negociações que me alteraram e, depois, a adaptação da família à nova casa. Então vieram as reformas, a minha mulher quis trocar tudo. Me encarreguei de supervisionar os consertos, também trabalhei o dobro para poder pagá-los. Durante dois anos, convivemos com técnicos e pedreiros, sempre tinha alguma coisa para fazer. E pó por todo lado.

Não sei se tem alguma relação, mas foi nessa época que comecei a perder cabelo. Os médicos insistiram na questão das situações-limite: mudança-separação-morte. Garantiram que o processo se reverteria sozinho, quando eu descansasse; recuperaria o cabelo quando o período de inquietação fosse superado.

Mas não. Apesar dos remédios, das massagens, dos unguentos de seiva e algas marinhas – produtos naturais que minha mulher comprou confiante –, apesar de terem terminado as reformas da casa e de um merecido recesso no trabalho, acabei ficando careca.

Três dias de garoa. Sempre a mesma, fininha, intocável. Vai se tornando uma condição do céu, uma forma do ar.

Sábado 24. Noite.

A presença de pessoas me incomoda mais que antes. Sofro se algum parente anuncia que vai vir nos visitar, como hoje à tarde, e no final de semana passado, e no anterior. Trazem coisas para comer, vão se encostando. Minha mulher conversa, as crianças brincam, todos gostam de dividir o seu tempo com estranhos. Se juntam. São mais vozes, mais fortes, às quais prestar atenção, o barulho transborda. Me irrita o som da água e do bater dos pratos. O cheiro de comida quando serpenteia pela escada até os quartos. As manchas na toalha. As pegadas de terra deixadas pelos sapatos. A bolsa e os casacos pendurados no cabide. Os penteados, a maquiagem, a velhice.

Quando falam comigo, não sei o que responder. Imagino que fico olhando para eles, não sei bem o que respondo. Demoro, isso é verdade, demoro muito para responder. Como se as palavras tivessem ido embora junto com o cabelo que perdi. Um êxodo. Estas que escrevo são as que conservo. As destino a este diário, uma agenda de bolso que levo comigo para todos os lugares. Faço um esforço imenso para pronunciar outras palavras. É minha mulher quem conversa com as visitas, com meus pais ou com nossos amigos. É ela quem pergunta para as crianças como foram na escola, se fizeram esportes ou se têm tarefas para o dia seguinte. Ela tem um espírito sociável, é generosidade pura. A invejo pela constância, ainda que a sua entrega total me dê pena.

Ela toca no meu ombro: estão falando com você, responda. Não articulo as frases, penso, chego a vê-las borradas. Percebo que estão no palato, na ponta da língua, mas depois não as encontro. Tropeçam e escorregam. De novo, no caminho para dentro. O rosto preocupado de minha mulher se torna violento ou vingativo.

Finalmente ficamos sozinhos. Ela me exige uma explicação. São pessoas, digo. E ela grita, enfurecida: é a tua família. Fico perdido em um ponto entre os seus olhos e os meus. São pessoas, repito.

Segunda 6 de maio.

Lá fora, tudo cinza, a garoa empapa a cidade. Leve. Apesar disso, caminho até o escritório; a ida e a volta para casa são os poucos momentos com ar livre e movimento. No trabalho, começaram a perceber. Chego cada dia mais tarde, apesar de ser o diretor. Sempre me esforcei para dar o exemplo. Agora falto manhãs inteiras, três de cada cinco dias. Ou sou o primeiro a ir embora à tarde. Saio para caminhar, entro em um bar, desligo o celular. Quando volto, pedem a minha atenção. A secretária deixa bilhetes espalhados em cima da minha mesa: telefonemas, assuntos pendentes, reuniões que esqueci ou preferi esquecer.

Sex. 17 de maio.

Além do bar, passo parte do meu tempo nos parques. Escrevo na agenda e observo. Arrasto os pés enquanto caminho, estou ficando encurvado, tenho dificuldade de respirar.

Minha mulher fica brava comigo, centra a sua energia no jardim. Planta, poda, rega, semeia. Diz que sem cabelo, pálido e corcunda pareço um feiticeiro. Gargamel, riem os meus filhos. Quasimodo, acrescenta ela. São pessoas, penso.

Algumas vezes venho até este banco ao qual também sempre vem uma velhinha. Traz, em uma sacola, migalhas para as pombas e conversa; a escuto com dificuldade. Qual será o meu aspecto, além de careca, corcunda e pálido? Este corpo já não me pertence. Outro dia, disse isso para elas, para minha mulher e para essa senhora: me sinto uma cartilagem. Como?, minha mulher gritou espantada, o que é isso? Faz drama. A velhinha, ao contrário, não escutou ou não entendeu. Ficou quieta. Antes eu tinha carne preenchendo o corpo, descrevi, mas já faz um tempo que me vejo como um nervo, o fio pendurado no centro. Sem sustentação.

2/06
O celular, um aparelho sinistro. Vive desligado na minha mão, dentro do bolso. Ou vejo, indiferente, os números iluminados vibrarem na tela enquanto toca. No meu aniversário, as crianças me deram de presente um com agenda, e-mail, rádio, jogos, coisas para tocar e sonhar. Um artefato mágico que eu não me animo a usar.

Junho, 18
Hoje deveria contar para a minha mulher que fui demitido. Já passaram duas semanas. De qualquer modo, saio de casa todas as manhãs com se não. Idem: terno, caminhada, escritório, volto tarde. O que ela não sabe é que quando vai levar as crianças para o colégio e segue para a sua loja pelo resto do dia, volto para casa e me tranco para pintar no quarto dos fundos do jardim. O depósito das ferramentas. Lá ninguém entra, ainda mais no inverno.

Primeiro pintei uma cartilagem com cinco extremidades. A cabeça, as pernas, os braços. Uma cartilagem que resplandece contra um fundo escuro, como os números na tela do meu celular. Parece uma corda, um pouco mais que isso. Parece que vai se dobrar ou quebrar.

Quando estava começando a terceira cartilagem, ou a quarta, não me lembro, me demitiram. Fui chamado à sala de reuniões pelo presidente e pelos dois donos. É decisão do

Conselho Administrativo, garantiram e passaram a enumerar razões imprecisas. Não pensei em nada para me defender ou responder. Mudo, recebi o cheque de indenização. Acho que podemos viver cinco anos assim. Estendi a mão para cada um deles e fui até o parque. Morri de vontade de rasgar o cheque em pedacinhos e dar para as pombas. Pensei durante um bom tempo: tenho medo da ira da minha mulher (ou tinha, agora não tanto). Mas naquele momento chegou a velhinha e jogou as migalhas para elas. Parecem pessoas, disse quando as vi se batendo, se empurrando e se bicando por um farelo de pão.

Contei para a vizinha de banco que fui despedido. Ela quis saber o que eu não paro de escrever na agenda. Palavras, respondi. E arranquei uma folha em branco que apoiei na capa dura para fazer o desenho da cartilagem como está ficando nas pinturas. Lá pinto com óleo, expliquei para ela. E, claro, com caneta fica diferente, ela observou. Depois, listou uma série de remédios caseiros e alimentos excelentes para o cabelo, ainda que o essencial seja dormir bem, ela disse. Eu comentei que, desde a demissão, durmo como nunca. Isso é bom, aprovou. Dá para notar que o pelo está crescendo de novo, percebeu?, olhou, orgulhosa; apontava para a minha barba e, com pudor, para o meu peito por baixo da camisa aberta. Sim. Inclusive, vejo no rosto da minha mulher como o meu pelo cresce: ela se importa muito com a minha aparência, se reflete na sua expressão.

No começo, eu só conseguia pintar quando chovia. Agora, qualquer clima me entusiasma; uma vez que começo, é difícil parar. Não consigo fazer mais nada. Nem pensar em outra coisa. À noite, ao me deitar, desenho novas formas para pintar no dia seguinte. Acendo o abajur para esboçar em um caderno.

Medo de que o sonho me leve o que vejo (como se a lava de um vulcão pudesse arrasar minhas imagens enquanto o corpo dorme). O barulho do lápis no papel acorda a minha mulher. O que você está fazendo?, ela pergunta. A partir de amanhã vou desenhar com caneta, é silenciosa. Nada, respondo, anotações do trabalho, detalhes para a reunião. Ela se compadece, pede que eu descanse, cada vez estou mais ausente, murmura, e as últimas palavras se afogam entre a sua boca e o travesseiro.

Por que será que ultimamente as palavras me parecem escamas, coisas que podem ser limpas? Escolho outros nomes: por exemplo, quero chamar as flores de "piedades". Os convidados, de "ingredientes". O sonho, de "multidão". É uma brincadeira incrível. Tentei dividi-la com as crianças, mas não tem jeito. Se cansam rápido, se dispersam. Minha mulher olha para mim sem dizer nada, me olha como se olhasse para alguém distante, que perdeu definitivamente o juízo. Ela também não entende.

Agosto 5 a 13.

O depósito vai ficando povoado de pinturas com cartilagens. É a série de inverno. Faço os quadros de diferentes tamanhos, experimento técnicas, posições do corpo no ar. Combino cores. O corpo mais natural sempre é o branco. Tem alguma coisa de fantasmal que me atrai.

Ontem, quase que minha mulher me encontrou aqui atrás. Eu acho que chegou antes do trabalho para ver como estavam as flores devastadas por não sei que praga. Dias obcecada. Veio com o jardineiro. Ainda bem que eu a vi se aproximando e me agachei para que ela não me visse pela janela. Virei a chave por dentro, com cuidado, sem fazer barulho. Fiquei ali em silêncio até que ela subiu de novo no carro para ir buscar as crianças no clube. Quando entrei em casa, encontrei um bilhete: teus pais e tua irmã vêm para o jantar, dizia. Caminhei até o bar. Deixei uma mensagem na secretária eletrônica de casa: tinha uma reunião até muito tarde, que não esperassem por mim. São pessoas, disse quando desliguei o celular, apertando o botão vermelho enquanto as figuras desapareciam na tela azul.

A cartilagem que mais tem a minha atenção é a que está totalmente estendida e aberta. Todos os extremos bem separados entre si. Como uma mancha de pintura que irrompe a tela. Ou uma pessoa que foi amarrada na cama. Uma crucificação. O Homem Vitruviano sem formas humanas.

Terça 20

Minha mulher descobre: estou desempregado. Alguém contou para ela na rua. Vejo como sai como um rojão até o jardim, fora de si. Vem bater na porta do depósito que agora é o meu estúdio. Ruge, dessa vez não se importa com os vizinhos. O que mais lamento é que ela tenha descoberto o refúgio. Sou um indigente, um vagabundo, ela diz. Pior: um demente, mentiroso, excêntrico. Vou atrás dela até o nosso quarto. Vá embora, ela manda, abrindo uma mala em cima da cama, vá embora. Conto para ela que podemos viver com a indenização por alguns anos e que estou fazendo arte. Ela ri tanto que se engasga. Consigo acalmá-la e convencê-la: vou arranjar um trabalho, e não digo, mas sei que vou vender a minha obra. Ela se senta aos pés da cama e chora.

Set. 29

Recupero minha postura ereta como uma árvore que reverdeja. Foi podada, está saudável. Desde que começou a primavera, inclui estrelas nas minhas paisagens de cartilagens. E galhos.

Trabalho para aumentar o estúdio, vou colocar um sofá-cama e algumas outras coisas úteis, o básico. Minha mulher está decidida a me mandar para fora de casa; suplico que ela me deixe morar nesse quarto dos fundos por mais um tempo.

Liguei para um galerista conhecido, amigo de um amigo. Falei sobre a minha dúvida a respeito dos quadros. O que fazer com eles?, perguntei (ou acho que perguntei). Percebi que estava desconfiado, quieto, incomodado. Mas dois dias depois ele foi até a minha casa. Veio pela minha fama como arquiteto, eu sei. É o tipo de homem preocupado em não perder os contatos. Aqueles que vivem entre a possibilidade do êxito ou do fracasso. No quem sabe, nessa nuvem do futuro condicional.

Deu para ver que ele ficou surpreso com a série de cartilagens de inverno. O gesto esquivo de quando chegou se transformou em um cumprimento amigável quando nos despedimos, bateu no meu ombro entusiasmado, como se de repente nos conhecêssemos há muito tempo. Vai voltar com seus assessores, ele disse.

Veio com outras pessoas com expressão distante. Olharam detidamente. Parece que as cartilagens chamam a atenção.

Quinta. Caminho até a praça. É possível sentir o cheiro do sol no ar. A sombra do ombú alcança meu banco. Queria chamar o ombú de "Saturno" e o banco de "semente". Enquanto escrevo, me acomodo para ver a tarde, curioso para saber da senhora que costuma se sentar ao meu lado. Longe, uma velhinha alimenta as pombas e acho que é ela, mas é outra. Penso em todos os motivos de sua ausência. Quero contar para ela sobre as cartilagens de primavera com estrelas e galhos, dizer que tenho chance. Os ensaios com a caneta a inquietaram. Ela poderia gostar desses, coloridos e em tamanho grande. Minha mulher ficou irritada com eles. Ela só disse uma coisa: você está louco. Eu, ao contrário, acho que as cartilagens dizem algo, que têm voz própria.

Me animo planejando o futuro. A série de verão vai expor cartilagens em *collage* com outros materiais: cascas de árvore, penas de pomba, areia, vento. Muito vento soprando. Muito. No outono, colocarei máscaras, cartilagens mascaradas.

É preciso reconhecer que vou me endireitando devagar; com o sol, estou com uma cor mais saudável. Volto até a praça e lamento a desaparição da minha vizinha. Então, a reconheço na vitrine de uma livraria: Uma avó se perdeu, diz o papel escrito à mão, com a foto e os dados pessoais. Ligo para o número para saber novidades; uma mulher com voz chorosa me informa que a encontraram. Está senil, se perdia constantemente, conversava com qualquer um. Foi levada para um asilo em outro bairro. Vou ter que me acostumar. É pessoa, digo, enquanto caminho chutando as pedras na calçada da praça. Dessa vez, a ideia não me convence. Talvez eu devesse procurá-la e visitá-la.

Março, 21
As quatro séries estão prontas.

Quinta 5 de junho.
São exibidas juntas, em uma galeria branca e elegante com janela para a rua. Durante a abertura, observo as pintu-

ras organizadas daquele jeito, limpas e emolduradas, não as reconheço. Leio os elogios do público no movimento dos seus lábios. Ensaio algum tipo de gesto amável que nunca consigo fazer espontaneamente. Minha mulher se interpõe, estende a mão para eles, se apresenta, atende. Aprendeu a explicar as cartilagens com umas palavras e umas teorias admiráveis. Parecem uma revelação. Frutas exóticas. Para mim, são cartilagens, garanto, quando as pessoas pedem alguma confirmação.

Sexta 27

Me encontro com o diretor da galeria que me representa e com o curador que parece escrever alguma coisa sobre minha obra. Planejam uma turnê. Destino Europa, várias cidades. Eu concordo, mudo. Queria continuar pintando, digo em voz baixa, produzir.

Qualquer artista desejaria uma carreira fabulosa como a tua, o curador estala os dedos para cima. Sem a força da difusão, a obra de um artista fica reduzida a isso, reafirma o diretor da galeria e faz o gesto de empurrar com dois dedos uma borracha que cai no chão. Viu? Sem repercussão, diz, e se agacha para pegá-la.

Natal. Já tenho pelo. Ele cresce obsceno e vergonhosamente em todos os lugares. Talvez os remédios, massagens, unguentos, finalmente, tenham causado efeito. Primeiro começou a aumentar nos braços e nas pernas, mas agora também aparece no nariz, brota dentro das orelhas, une as duas sobrancelhas, desliza sobre as falanges das mãos e dos pés como trepadeira. De repente, tenho as costas, o peito e os ombros cobertos de pelo. Para me animar, minha mulher me chama algumas vezes de Hera e, outras, se declara uma apaixonada pelo muro de Hera. Acho que eu já disse, ela é apaixonada pelo jardim, sabe os nomes de todas as ervas que sobem pelas paredes. Jasmim do mato, jasmim do céu, jasmim de leite. Santa Rita.

Consulto de novo os médicos, levado à força por ela, que faz tudo o que é possível para manter a harmonia, ainda que isso lhe custe. Nos diagnósticos, os especialistas demonstram desconcerto. Ficam com cara de paisagem. O pelo brota abundante por todo o meu corpo, se esparrama. Não sabem como detê-lo. E estão muito intrigados: é um mistério que, apesar disso, minha cabeça continue calva.

Lua em Nova York

Liguei para a sua casa vinte e seis vezes antes que ela me atendesse. Não exagero, eu contei. Sua assistente me respondia que a senhora tinha saído ou estava descansando. No final das contas, as duas se renderam e meu número da sorte – o vinte e sete – deu resultado: Marga se aproximou do telefone com aquela voz grave e perfeita que eu adorava escutar nos seus filmes.

– Aqui é o Andrés Millán, senhora. Produtor do programa de rádio *Com você, as estrelas*, dirigido por Pepe Kravetz.

Respondeu aham, de má vontade. Me atropelei pedindo uma entrevista para ir ao ar na quarta-feira, às dez da noite. Eu não sabia se ela tinha me entendido, se tinha registrado o que falei tão rapidamente. Disse que tudo bem e desligou. Corri contar para Pepe: consegui Marga Montard, consegui. Mas, mal me viu entrar pelo escritório, o chefe me enxotou como um cachorro sarnento:

– Sai daqui, me deixe trabalhar.

Nos dias seguintes, me concentrei em preparar o repertório de perguntas para a entrevista. Quando o programa foi ao ar e precisei encontrar Marga, ela não respondeu. Nem ela, nem a assistente, ninguém. Insisti várias vezes. Pepe me xingava nas vinhetas musicais, agitando os cílios postiços (ele os chamava de *citiços*), enquanto, enfurecido e com seu copo de conhaque na mão, dava pulinhos de um lado para outro do estúdio, acompanhado de perto pelos seus ajudantes (desesperados).

– Estou fazendo o que dá – eu explicava mostrando o telefone.

Não teve jeito. No final do programa, com uma indignação que eu tinha visto poucas vezes, o chefe se deu o trabalho de explicar para os ouvintes:

– Às vezes, os produtores são um fiasco. – E com um falso plural, adicionou – Desse jeito não dá, garotos, vocês me decepcionam.

Naquela noite, roí tanto as unhas que alguns dedos ficaram em carne viva.

Continuei ligando para a atriz. Não tinha nada melhor para fazer e queria me vingar de Pepe, provando que eu conseguia. Da minha casa, cheguei a ligar para o número de cabeça, enquanto via televisão para passar o tempo até a hora de me deitar. Respondia uma voz automática que não era a dela.

Em uma tarde de chuva, teve apagão no bairro. Passei duas horas sentado na frente da janela. As pessoas tentavam andar na rua, inclinavam o corpo contra a força do vento e se defendiam da água tortuosa. Para poder escrever no meu diário, eu perseguia a escassa luz que vinha de fora: aquela rara combinação de lua, semáforos e faróis de carros diluídos pela garoa. Cansado de procurar as linhas na penumbra, liguei mais uma vez para Marga e deixei uma mensagem de súplica na sua secretária eletrônica.

– Por favor, eles vão me despedir.

Consegui, um pouco depois ela atendeu.

– Diga, querido, o que está acontecendo? Você pode me dizer? Isso está um pouco demais. Não são horas de ligar, realmente.

O tom de intimidade me incomodou. Comecei a gaguejar, queria falar tudo o que eu sabia sobre ela, do seu cinema, da sua carreira, do seu desaparecimento, e também queria desligar de uma vez, agora. Pensei em argumentos. Fiz ela se lembrar do encontro suspenso, exagerei sobre o efeito causado no público: ela não podia decepcionar os seus fãs, era o ícone feminino de uma época. Uma época passada, completou, bruscamente. Houve um silêncio. Procurei palavras, não encontrei. Tossiu e pediu desculpas por ter se esquecido do encontro com o *meu* programa (preferi não a corrigir por causa de um pronome qualquer). Ela já não estava bem para entrevistas nem para falar do passado. Chega, garoto, me pediu. Aceitei o seu pedido ao mesmo tempo em que previa o agito de Pepe quando eu o avisasse que Montard *não*.

Os erres catamarquenhos[1] do meu chefe patinaram e o "u" afundou quando gritou:

— Reverendo marica de merda, para que *eo* te pago? – e bateu a porta de um jeito que me deixou tremendo como os anúncios fixados no mural do seu escritório.

Me evitou durante uma semana inteira (o que, entre os seus empregados, se conhece como *a penitência*). Decidi ignorá-lo e aproximar-me da estrela: tinha conseguido abrir uma fresta por onde espiá-la, agora precisava aumentá-la e passar o corpo inteiro.

Fiz chegar até ela uma caixa com todos os seus filmes em DVD e um bilhete: se queria vê-los, poderia emprestar o meu aparelho. Pela conversa de antes, entendi que não tinha cópias e que dificilmente contaria com alguém disposto a ajudá-la em coisas como essa (logo percebi que também não tinha a quem recorrer para outros assuntos mais básicos). Quando liguei no dia seguin-

---

[1] Pertencente ou relativo a Catamarca (Província da Argentina) ou aos catamarquenhos.

te, Lucy, a empregada, confirmou: sim, podia ir naquele sábado, às cinco, com o equipamento, se não fosse incômodo.

No caminho de casa, comprei duas latas de cerveja e um pacote de batatas fritas para comemorar. Comecei a ligar para alguns conhecidos. Tinha conseguido nada mais, nada menos que entrevistar pessoalmente a Marga Montard. Meus amigos riram, sequer conheciam a diva, os idiotas. Só a minha avó entendeu a minha euforia e me pediu que a cumprimentasse por ela, ficou muito emocionada. Fiquei zapeando na tevê. Dando voltas na cama até de madrugada.

O edifício era antigo, mas não de estilo. Uma torre de treze andares, localizada em um bom bairro. Na recepção de mármore, o silêncio e os sapatos faziam eco e também as portas do elevador ao se fecharem. Lucy tinha uns quinze anos a mais do que a sua voz aparentava, me chamava de senhorito e se movia com muito cuidado, como se tivesse medo de quebrar alguma coisa a cada passo que dava. Enquanto esperava na sala, pude bisbilhotar um pouco. A limpeza de tudo dava o aspecto de uma casa silenciosa, pouco habitada, ainda que os sofás e os tapetes estivessem descoloridos e o parquet, gasto nos lugares de passagem. Ao lado, um estúdio: havia prateleiras cheias de troféus, medalhas, esculturas. Na parede, cartazes dos seus filmes em diferentes línguas e fotos em preto e branco. O corredor se abria a um labirinto de cinco portas brancas. Era muito para uma idosa sozinha.

Escutei vozes e passos, corri para ficar de pé ao lado do sofá. Vi como entrava com sua bengala e seus óculos de sol, de braço dado com Lucy. Por um botão aberto na altura do peito e uma marca de costura impressa em sua bochecha, percebi que tinha acabado de se levantar para me receber. Fiquei nervoso: era um dos momentos mais importantes da minha vida, tinha que registrar tudo para me lembrar para sempre daquele encontro. Estava vestida com uma espécie de túnica azul, simples, sobre a qual se penduravam várias voltas de colares (nas sucessivas visitas, comprovei que era seu conjunto de ficar em casa). Gorda, velha e trêmula – caminhava com dificuldade, quase tropicando, pendurando todo o seu peso na empregada –, parecia outra pessoa. O cabelo loiro, sem brilho e ralo com permanente, não tinha nada a ver com a impressionante cabeleira vasta e castanha de antes. Senti muita pena, talvez desilusão. Não sei por que me chocou, se ela tinha oitenta e tantos anos.

Distante, estendeu a mão e a soltou rápido. Secamente, agradeceu o material. Pensou que era uma cortesia da rádio. Algumas sílabas ficavam empastadas na sua boca. Alguns remédios produzem esse efeito, a mesma coisa acontecia com minha avó. Os filmes são meus, respondi com o olhar cravado em um espelho antigo, minha coleção pessoal. Ia explicar que a admirava quando me interrompeu para perguntar quanto tinha que pagar por tudo (filmes, equipamento, instalação) e tirou da bolsa uma carteira com notas dobradas em quatro. Dei um passo para trás:

– Por favor – disse, ao recusar o dinheiro.

– Um custo deve ter.

– Senhora, não, de jeito nenhum – respondi e me abaixei para mexer na minha sacola cheia de ferramentas e cabos. – Para mim, é um prazer – consegui dizer em voz baixa.

Não tinha tirado a jaqueta, comecei a transpirar. Não sei muito bem como, mas consegui um milagre: conectar o DVD na televisão muito velha. Escolhi *Solo esta mujer*, o primeiro dos seus filmes, que causou furor na crítica local. Na tela, apareceram os nomes dos artistas com a tipografia dos anos cinquenta e se escutou o tango no som rangente da fonola. (Sou viciado nesse ruído, fico emocionado, mesmo que as pessoas achem que eu sou anacrônico e meus amigos me chamem de "figura").

Então aconteceu uma coisa que eu não imaginava. Sua presença – a figura da atriz em destaque, com a projeção que eu tinha assistido tantas vezes sozinho – me arrastou para uma espécie de discurso enlouquecido, fanático. Comecei a comentar o vestuário, a cenografia, a música, comparei com os dos outros filmes. Fiquei mudo quando ela apareceu com trinta e poucos anos, encorpada, com curvas, com um salto alto e uma roupa justa que marcava a cintura. Uma silhueta imperfeita, mas tremendamente segura de si mesma. Olhou na direção da câmera com aquele ímpeto Montard: uma mistura de sorriso zombeteiro e olhar desconfiado, sobrancelhas grossas levantadas, mãos na cintura, atitude de desafio sensual. Olhei para ver como ela reagia. Apesar dos óculos e do silêncio, percebi que chorava, imensa, no sofá.

Uns dias depois, Lucy me ligou, porque não conseguia fazer o equipamento funcionar, apesar de eu tê-la ensinado. Marga me recebeu instalada na frente da tevê, menos tensa que da outra vez, como se minha presença fosse mais natural. De novo, estava com os óculos de sol. Pensei por que se empenhava em esconder o melhor do seu rosto (um crítico escreveu que as personagens de Marga viviam todas as paixões nos olhos da atriz e que seu verdadeiro capital se concentrava nesse pequeno e, ao mesmo tempo, infinito espaço do seu rosto). Sentia vergonha da sua velhice? Virou a cabeça na minha

37

direção, como se tivesse lido meus pensamentos. Sorri timidamente para ela, mas tive a impressão de que não viu, porque, sem responder ao meu sorriso, mas olhando fixamente para mim, muito séria, chamou Lucy.

Enquanto eu colocava *El silencio de Michelle*, a empregada me ofereceu um chá. Quando a câmera mostrou no alto da escada a protagonista duplicada em frente ao espelho, outra vez intervi como um possuído. Narrei o filme, marcando coisas em cada cena: aquele gesto típico em sua expressão, a graça daquele ator, aquele tango e aquela coisa e outra. Ela me escutava com o rosto inclinado na sua xícara de chá. Me animei e me sentei com ela. No momento em que Michelle cai de joelhos com a carta de despedida do seu amante nas mãos, me deu um nó na garganta, e Marga, ao meu lado, disse alguma coisa. O acorde de um bandoneón emudeceu a frase. Abaixei o volume, perguntei se ela podia repetir e me aproximei um pouco mais para ter certeza de que a escutaria: Estou cega, não consigo ver o que você me conta. Com Michelle ainda de joelhos, apertei o *pause* no controle remoto. Assim ficamos um tempo.

Voltei a vê-la várias vezes. Primeiro como técnico, mas depois também adotei o papel de narrador dos filmes, li algumas coisas para ela. Lucy começou a me ligar quando ficavam sem velas durante um corte de luz ou se a calefação não funcionava em um dia frio. Me serviam um chá ou ficava para o almoço. Em capítulos, como quem vai desenrolando um pergaminho imenso, Marga foi me contando a sua história.

Um *régisseur* de teatro, amigo do seu pai, rapidamente percebeu seu talento para o palco. De brincadeira, aos sete anos, a apelidou de *a canora*, pelo modo como já entoava tangos imitando Rosita Quiroga e dançava com soltura os ritmos do foxtrote ou da milonga. Pediu a Lucy que nos alcançasse os álbuns de fotografia. Desde muito pequena gostava de se vestir com as roupas da mãe e das tias: vestidos com franjas e colares tipo Charleston pendurados até o chão, saltos tortos e bandanas com penas caídas sobre uma testa ainda minúscula. Enquanto eu via as fotos, ela olhava para um ponto fixo. Naquela época, eu fui a Josephine Baker de muita gente na minha casa. Falava de dentro da sua escuridão, e algumas vezes imaginava esse lugar como um Cinecittà, montado com os remendos de sua memória, com um movimento espetacular.

Em algumas partes do relato, se confundia ou se cansava, ia perdendo o fio da meada ou abandonava a frase pela metade, sem perceber. Por mais que eu tentasse fazê-la retomar, não conseguia, se afundava no seu mau humor e não havia jeito de animá-la. Algumas vezes, dizia que precisava descansar e Lucy a acompanhava. Eu aproveitava para trocar alguma lâmpada queimada, desentupir alguma pia ou verificar por que não saia gás de uma das bocas.

Aquele mesmo amigo – astrólogo, além de *régisseur* – desenvolveu uma teoria extravagante: Marga tinha nascido com o astro sol na casa de Paris e tinha tudo para triunfar naquela cidade. Os demais amigos e parentes repetiram isso até se convencer de que o alinhamento entre um planeta e uma metrópole originava uma personalidade especial. (Ainda que fosse uma liberdade poética, uma excentricidade).

Em Buenos Aires, fizeram com que ela estudasse dicção com uma tal Madame Garmá e recitasse poesia com a mesmíssima Maria Falconetti. Todos a animaram a tentar a sorte na cidade que resplandecia na sua carta natal. O ar quente da Segunda Guerra ainda não tinha atenuado completamente quando chegou a Paris com o dinheiro, as referências e os ânimos da família. Graças aos contatos, além da sua própria parcela de ousadia, foi entrando nas reuniões de artistas. Alugou um apartamento em Montmartre e ficou morando ali alguns anos, durante os quais escutou Piaf cantar e assistiu à estreia de Juliette Gréco em La Rose Rouge. Fez vestidos com o costureiro mais prestigiado, Jacques Fath, e um *coiffeur* de moda a apresentou a Jean Cocteau, que autografou para ela o pôster de uma de suas obras. Fez amizade com os que seriam, mais tarde, os diretores e as estrelas jovens do cinema francês: Agnès Varda, Jacques Demy, Jean-Luc Godard, Anna Karina. Quando voltou, trazia a urbe da luz imantada ao seu sol e não demorou em hipnotizar o público portenho. Foi a atriz fetiche dos anos sessenta.

Naquela primavera, passamos bastante tempo juntos. Aos domingos, almoçávamos na sua casa ou tomávamos um café na rua. Caminhávamos pela praça, devagar, no seu ritmo de bengala. Discutíamos qual era o maior galã e o melhor ator, entre Lautaro Murúa e Francisco Rabal, em determinado filme, o porquê do exílio de Laura Fontán, ou como o cinema argentino, tão urbano e cosmopolita nos anos sessenta, tinha dado lugar a um épico, rural e nacionalista nos anos setenta. Adorava dizer que nunca, nunca, tinha conhecido um jovem como eu, com o gosto tão antiquado (fazia com que eu me sentisse um pouco como uma descoberta, uma joia, e outro tanto como um pobre retardado digno de pena, um autêntico figura). É porque fui criado pela minha avó, tivemos que preencher com alguma coisa tantos anos de uma solidão compartilhada, eu repetia para ela.

Também compartilhávamos o gosto pelas rabanadas de Lucy, pela voz de Mercedes Simone, pelo perfume dos jasmins em dezembro, pelo sorvete de menta. Só uma vez um senhor, também de bengala, perguntou se ela era ela. Marga negou com a cabeça.

– Deve ser um engano – respondeu muito séria, e vi o seu semblante de incômodo, o mesmo com o qual me recebia no começo.

O homem ficou olhando para ela e se afastou resmungando alguma coisa sobre como eram parecidas e como a sua memória andava fraca.

Volta e meia me perguntava sobre meu programa de rádio. Eu explicava que era produtor, mas ela nunca registrava essa explicação. Minha relação com Pepe parecia mais um martírio, confessei para ela, e o único momento prazeroso da semana eram as visitas à sua casa. Não tinha família, exceto a avó no asilo, e odiava a cidade, como odiava. Também tive que explicar que eu saía com homens (quando ela insistia em conhecer a minha namorada).

Em uma dessas conversas, anunciou (juro, porque anotei essas palavras em um diário assim que cheguei em casa) que via um futuro brilhante para mim. Abaixei a cabeça. Se ela tivesse conseguido me ver, teria levantado o meu queixo com suas mãos envelhecidas para me obrigar a olhá-la nos olhos. Expliquei que fazia anos que eu sonhava em viajar, morar em outro lugar. Estados Unidos, talvez, onde cada um parecia decidir o que fazer com a sua liberdade.

– Exato – rugiu – essa é a tua meta: a Estátua da Liberdade. Eu devia ter o ascendente em Peixes e a lua em Nova York, afirmou, e foi a primeira vez que eu a vi rir com vontade. A piscadela foi muito parecida à que deu no final de *Piel de papel*. Além disso, continuou, deveriam me influenciar os arranha-céus, os teatros da Broadway, os cartazes de neon e as luzes da fama, as pernas de Marilyn e as ambições de Hollywood.

– Vejo um destino fantástico para você, garoto. Você precisa se animar – insistiu, enquanto se despedia de mim na porta do elevador.

Ainda que não estivesse seguro, me agarrei às suas previsões: precisava acreditar em algo assim para romper o tédio. Queria sair da inércia profissional e – por que não? – tentar a vida em Nova York. Tinha que fazer isso agora ou não faria nunca mais. Depois eu ia me apaixonar, economizaria para comprar um apartamento, adotaria um cachorro com quem passearia de noite. Visualizei o futuro como a esteira transportadora dos aeroportos, uma força que me levaria para longe dos sonhos.

A primeira medida foi mandar Pepe Kravetz para o inferno. Não passei vontade. O encurralei em uma manhã na qual estava sozinho, de guarda baixa por alguma tristeza de amor (sofria disso constantemente). Uma foto tremia em suas mãos. Estava com o cabelo mal pintado, o bigode desarrumado e com caspa nos ombros. Fechei a porta do seu escritório e pigarreei. Assim que virou para gritar que eu fosse embora, vomitei velho tingido, ridículo e cornudo. Renunciava a continuar sendo o seu escravo, seu pano de chão, seu serviçal. Como despedida, me arremessou o copo de whisky. Não me alcançou, arrebentou contra a parede. Chorei de alívio durante todo o caminho para casa.

No dia seguinte, mandei o telegrama de demissão e tirei as economias do banco. Comprei uma passagem de ida para a cidade da Grande Maçã. Reservei um hotel barato na periferia de Manhattan. Me despedi da minha avó. Marga me desejou sorte e pediu que mandasse notícias. Prometi que ia ligar ou escrever quando aterrizasse na minha lua.

Minha passagem por Nova York: dois pontos, em síntese, patética. Me faltaram os contatos e a ousadia. Algumas portas se abriram, não as que eu pretendia, mas quis acreditar que iriam me levando a um destino interessante. Fui paciente. Lavei copos, estacionei carros, entreguei comida de patins, catei folhas no Central Park, vendi artesanato na rua. Como um hamster na roda, só pulei entre uma roda e outra, sempre em círculo. A única vez que alcancei uma produtora de rádio foi para servir café nos escritórios, foi até aí que meu nível de inglês permitiu que eu chegasse. Fiz amigos. Não me apaixonei.

Dois anos depois, mais uma vez, procurava trabalho e aluguel em Buenos Aires, sem a fama com que tinha sonhado e com a única certeza de que a minha lua não estava em Nova York. Nem em Villa Ortúzar. Provavelmente, em nenhum lugar, pelo menos não nas grandes metrópoles. Ou mais especificamente: não existiam luas como aquelas para mim.

Comecei a economizar do zero. Levei o meu currículo na produtora de Pepe, a reação foi incisiva: não. Aceitei um trabalho como telemarketing, tinha que convencer as pessoas dos benefícios de um banco. Eles gostaram da minha voz.

Pouco depois de me ajeitar, descobri na caixa de mensagens do meu celular oito mensagens antigas, três de Marga. Na primeira, queria saber se o meu céu estava se enchendo de estrelas e se já tinham me contratado em algum meio de comunicação importante. Na segunda, estava registrada a voz de Lucy falando com ela: Senhora, não adianta, não atende. Na terceira, apenas se ouvia, durante alguns segundos, a respiração profunda da idosa contra o telefone.

Pensei em ligar para ela, pedir desculpas e dar explicações. Mas me senti muito humilhado, como ia explicar aquele desastre? Não consegui. Desativei o meu número de celular. Não voltei a saber dela até que uma noite reconheci a sua voz no rádio. Falava dos anos em Paris e do famoso sol. Atribuía o ocorrido à bruxa da família, uma tia-avó clarividente que..., no lugar do *régisseur*. Fiz as contas: estaria com oitenta e oito ou oitenta e nove anos. Estava confundindo tudo? Duvidei da história toda. Então Pepe Kravetz interveio: era seu programa. Estaria feliz com o novo produtor. E talvez ela tivesse um novo amigo.

Marga me pareceu cansada. Não escutava bem, respondia o que queria, ignorava as perguntas feitas pelos ouvintes por telefone ou e-mail. Tive a ideia de mandar um e-mail com um remetente anônimo. Perguntei como andava de saúde e se morava com Lucy. Assinei Peixes. Fiquei vermelho quando Pepe repetiu em voz alta:

– Um ouvinte assina com o signo do zodíaco. Para se alinhar ao seu sol francês, senhora.

Marga não respondeu. Se produziu uma pausa muito longa para os ritmos do rádio. Kravetz repetiu a pergunta duas vezes, consultou os técnicos para saber se havia algum problema de comunicação. De repente, se escutou:

– Lucy.

– Senhora Montard, está me escutando? O ouvinte quer saber como anda a sua saúde.

– Lucy morreu – ela respondeu. E, quase sem forças, completou – Eu, de saúde, vou bem, como um touro, diga para ele.

Evitou mencionar a cegueira. Quis saber mais uma vez o nome da pessoa que tinha mencionado Lucy. Peixes, disse Pepe e riu. Ela comentou que, há alguns anos, tinha conhecido um jovem produtor, inteligente, daquela mesma rádio. Tinha me identificado como um dos seus antes que eu me tornasse uma das vozes da cultura nos Estados Unidos. Andrés, não me lembro o sobrenome. Era possível reconhecer no meu modo de agir alguém com grandes convicções. Era uma pena que a fama tivesse me afastado definitivamente da cidade.

– Os talentos jovens sempre são bem-vindos aqui. – Ninguém a corrigiu.

As irmãs Requena

Pelo menos no tempo em que tive mais contato com elas, as gêmeas pareciam siamesas. Era tão engraçado ver um par de octogenárias andando em duplicado, idênticas. Com o cabelo liso branco, muito curto, penteado para um lado, com um porte elegante, ainda que diminuto e levemente encurvado, e a roupa impecável. As duas usavam óculos com lentes fundo de garrafa e sapatos ortopédicos. A única coisa que as diferenciava era a cor dos olhos. E o temperamento.

Segundo as histórias que as pessoas gostam de contar e perpetuar sobre os mais velhos de cada família, Maria Luisa tinha nascido sete minutos antes e tinha os olhos azuis. Amelia tinha resistido a sair durante o parto, complicando as coisas. Seus olhos eram castanhos. Esse primeiro movimento havia deixado o estigma de que a mais velha tinha um caráter dominante, independente e prático, enquanto a mais nova vacilava em tudo e caminhava insegura, como se fosse uma extensão da mãe ou da irmã.

Parecia, de verdade. Eu sabia das suas histórias porque minha avó era vizinha delas. Mas, além disso, quando comecei a faculdade de Letras, Maria Luisa foi a minha professora de Gramática Espanhola. Ainda que tivesse se aposentado há mais de quinze anos, sua turma continuava sendo uma das mais requisitadas, porque ela conservava a naturalidade e a lucidez dos grandes mestres. Sabia se expressar com uma oratória maravilhosa, que nos mantinha hipnotizados, apesar da dificuldade da matéria, e a sala ficava cheia durante as suas aulas. Apenas o rigor exagerado sobre as normas da linguagem a deixava um pouco anacrônica; continuava pensando a língua a partir da sua raiz latina e se remetia à construção gramatical do grego antigo como modelo para a melhor análise sintática. Nos cansava repetindo que consultássemos o dicionário diariamente. Mais de uma vez, nos intervalos no bar, chegamos a jurar que ela não fazia ideia de que o mundo havia sido colonizado pelos computadores e pela internet. Se despedia até a aula seguinte com um "se Deus quiser", pendurava a bolsa no ombro, abraçava os seus papéis e dava o braço para a irmã, que a acompanhava como uma sombra – ou como uma guia – a todos os lugares. A não ser durante aqueles meses nos quais Maria Luisa veio sozinha e abatida.

Minha avó as conheceu quando já tinham aproximadamente setenta anos. Mas elas contaram, ou minha avó soube de algum outro jeito, que a professora se casou jovem e que formava um belo casal com o marido. Viajaram pelo mundo, economizaram, trabalhando sem parar.

De Amelia, ao contrário, ninguém conheceu nenhum namorado. Não quis morar em outra casa que não a da sua infância e nunca se dedicou a outra coisa que não aos afazeres domésticos. No bairro, especularam se ela gostava de mulheres: uma barbaridade impronunciável na sua época. Por isso – se supunha – se enclausurava como uma freira, rendida aos cuidados dos pais. Até que um dia viram que ela parava, no meio da tarde, para conversar com o violinista, e as fofocas mudaram a mensagem: Amelia Requena não era lésbica, mas tinha perdido a cabeça por um indigente.

Amelia nasceu e morreu na mesma casa de Belgrano. Maria Luisa também percorreu esse percurso, pois, depois de ficar viúva, aos cinquenta anos, vendeu seu apartamento e foi morar com a irmã. Quando chegou a hora, enterraram os pais e se trancaram em casa. Se tornaram mais inseparáveis do que nunca. Com o passar dos anos, parece que desenvolveram uma extraordinária organização da rotina. Eu acho que minha avó, por ser filha única, sentia um pouco de inveja das duas irmãs, porque falava muito delas, da sorte de estarem acompanhadas, e conhecia nos mínimos detalhes as suas tarefas cotidianas.

Maria Luisa tomava banho primeiro, enquanto Amelia preparava o café da manhã. Viam as notícias frescas do dia para saber tudo sobre o clima, os preços e o trânsito. Faziam as compras, almoçavam, dormiam a sesta, lanchavam. De tardezinha, arrumavam a casa ou escreviam cartas, analisavam as contas, jantavam, liam, deitavam-se no mesmo quarto, cedo. Amelia, como tinha aprendido de criança, rezava e apagava o abajur às nove em ponto. Maria Luisa lia romances espanhóis até as quinze para as dez, reservando quinze minutos para pegar no sono.

Segundas e quintas eram dias de universidade e almoçavam no bar da frente. Ocupavam as demais manhãs com consultas ou exames médicos. Nas terças e sextas à tarde, faziam coisas burocráticas. Sábados estavam reservados para o cinema, a primeira sessão da tarde, porque era a metade do preço, e aos domingos, missa às onze. Para o aniversário, todos os anos convidavam as mesmas amigas e primas para tomar café com biscoitos finos e sanduíches.

Tiveram a primeira discussão significativa pouco depois de completarem setenta e nove anos, quando Amelia quis fazer o caminho de todos os dias até a quitanda por uma rua diferente. As duas ficaram empacadas na esquina entre Virrey Loreto e Cabildo. Maria Luisa começou a tremer: sua irmã nunca a contrariava. Ela pedia para que mantivessem a ordem habitual, e Amelia estava obstinada em ir até Virrey del Pino, sem nenhuma razão lógica. Quase ergueram o tom de voz, mas cerravam os dentes para que os vizinhos não desconfiassem do que estava acontecendo. Maria Luisa insistiu que fizessem como ela falava. Amelia respondeu que não, com uma convicção totalmente nova. E foi pelo caminho que ela queria.

Minha avó não tinha visto uma Requena chorar até aquele dia, quando Maria Luisa lhe narrou o acontecido. Estava indignada e, exagerando ao me contar, seus olhos saltavam. Eu acho que minha avó ficou feliz com o que aconteceu, porque o distanciamento das irmãs lhes proporcionava um pouco da solidão da qual ela tanto padecia.

Muito depois, se soube que elas demoraram bastante tempo para se reconciliar e que, a partir desse acontecimento isolado, a rotina que tinham se desfez totalmente. Começaram a fazer algumas coisas separadamente. Primeiro as compras, depois a organização do banho ou o horário do cinema. Continuaram juntas nas saídas nas quais era preciso manter as aparências. Ir às aulas, por exemplo. Ou à missa. Nessas ocasiões, só se dirigiam a palavra para tratar de formalidades na frente das outras pessoas.

O que mais irritava Maria Luisa era a inexplicável alegria de Amelia e – na verdade, eu suspeito disso – que se negasse a compartilhá-la. Morria de vontade, mas se absteve de perguntar por que a irmã estava deixando aumentar a distância na convivência entre elas. Enlouquecia, principalmente, escutando a irmã cantar enquanto tomava banho, assoviar enquanto passava roupa ou falar ao telefone – excessivamente – com alguma amiga.

Vendo como assistia a programas idiotas na televisão, rindo, com comentários em voz alta dirigidos a ninguém em particular. Comprando chocolates ou biscoitos amanteigados, tomando uma tacinha de vinho à noite. Todas essas eram coisas que nunca fazia, ainda menos por conta própria. O que mais a incomodava era, sem dúvida, vê-la sair de casa dia sim, dia não, sem avisar aonde ia e se voltava.

Não sei se por esse motivo ou por outro, Maria Luisa começou a ficar doente. Talvez porque a rotina que antes era parelha agora estava manca. Me lembro muito bem que houve um momento, mais ou menos na metade do ano, em que meus colegas e eu comentamos que a sua memória estava falhando. Corrigia construções bem elaboradas e depois se contradizia, chegava atrasada, não entregava as notas em dia. Atribuímos tudo aquilo à sua idade e continuamos indo para as suas aulas para que ela não se sentisse pior.

Um dia decidiu seguir Amelia sem que a irmã percebesse. Caminhou atrás dela durante várias quadras até Virrey del Pino e O´Higgins. Viu Amelia conversando com aquele violinista de rua. Viu o jeito como os dois trocavam sorrisos. Como ele mostrava para ela a caixa com cordas que chamava de instrumento, enquanto ela apertava uma ponta do seu blusão de lã até a mão ficar vermelha. Como ele perdia o controle das moedas que caíam na sua caixa, a forma como ela lhe oferecia um bolinho recheado.

Lhe pareceu absurdo que uma mulher educada como a irmã andasse, naquela idade, com um homem fracassado e sujo, desafinado e até mesmo um pouco fora do juízo. Ninguém sabia onde o músico morava ou dormia.

Apesar da dificuldade de falar o que sentia, atreveu-se a esclarecer a situação com Amelia. Discutiram. Maria Luisa disse que não pensava em continuar mantendo-a para que ela andasse causando vergonha pelo bairro, como se fosse uma mendiga. Com um encardido, com um vagabundo. Jogava pela janela a honra da família. Amelia soltou uma tosse forçada. Respondeu que, para começar, podia se virar sozinha e não precisava do sacrifício da irmã. Além disso, perguntou-lhe que horror aquilo poderia causar se todo o mundo já sabia que o marido dela havia tido amantes das mais diversas. De todas as cores, proveniências e classes. Era viciado em cavalos e bebida. De que nobreza e de que pilares estavam falando concretamente?

Maria Luisa cobriu a boca escandalizada pelo modo como a irmã a tratava. E mudou de quarto. Reabriu o quarto intacto dos pais. Tinha cheiro de museu, de naftalina e de caixão. Levou o pote com as cinzas para um canto da sala. Arejou, trocou os lençóis, colocou flores e levou suas coisas. A roupa, os livros da disciplina, seus lápis pretos com ponta fina para a análise sintática, a coleção de borrachas, os remédios para a asma, os perfumes.

Isso foi em um domingo de outubro. Exatamente quando nos assustamos ao vê-la chegar em uma segunda-feira sozinha para dar aulas. Não tivemos coragem de perguntar, no caso de a irmã ter morrido. Soubemos que não, que não estava bem de saúde, mas a salvo, segundo explicou o porteiro da faculdade (foi uma versão de Maria Luisa, para não tornar pública a situação desastrosa da sua irmã gêmea). Sentimos alívio em saber que estavam bem, tínhamos carinho pelas duas.

Deve ter sido chocante para a professora voltar à tarde para casa e descobrir que a irmã também tinha se mudado, mas para outro lugar. Era a primeira vez na história octogenária de Amelia que punha a roupa em uma mala e dormia em outra cama, ou em qualquer outro lugar que – segundo Maria Luisa confessou assustada para minha avó – imaginava, como um quarto escuro em um hotel mequetrefe qualquer.

Depois disso, há um período do qual ninguém sabe nada. Pelo menos de Amelia. Passou seis meses fora. O homem do violino continuou arranhando as ruas com sua eufonia insuportável, carregando um semblante que parecia sonhar. De compositor realizado. Há aqueles que digam que, durante aquele tempo, era possível notar sua expressão de apaixonado, que costumava se barbear e se perfumar com mais frequência. Desde o dia que Amelia foi embora, Maria Luisa começou a passar por aquela esquina para realizar as tarefas. Via o violinista de longe. Algumas vezes, teve a impressão de que ele lhe fazia uma reverência, mas ela virava o rosto. Nunca teria se rebaixado para perguntar a ele sobre a irmã.

Também dizem que Amelia voltou quando fizeram oitenta anos. Entrou com sua chave, arrastou a mala. Por um instante, tudo ficou em silêncio. Cumprimentou as amigas e as primas que conversavam animadas na sala, tomando café e chá com biscoitos. Minha avó estava lá naquela tarde. Viu quando ela olhou para o bolo que tinha duas velas, tirou o casaco, pegou um prato de sanduíches na cozinha e o ofereceu para as convidadas. Ninguém nunca perguntou nada. Nem se soube onde havia estado e por que voltava.

Sem terem combinado, as gêmeas Requena foram retomando a vida cotidiana que haviam abandonado no dia seguinte ao daquela briga na esquina. Como se o tempo não tivesse passado. Como se o amor não tivesse rompido algo.

Atas de assembleia de condomínio

Na Cidade Autônoma de Buenos Aires, aos 27 dias do mês de maio de 2010, reuniram-se em Assembleia Geral Extraordinária os membros do Condomínio do Edifício devidamente convocados, com o fim de nomear uma nova administração, em virtude da renúncia da empresa vigente até a presente data.

O Sr. Puente toma a palavra e realiza uma breve apresentação dos candidatos pré-selecionados. A Sra. Fiorito interrompe manifestando que o Sr. José Antonio Vélez, de quem ela apresentou a candidatura, tem uma longa trajetória como administrador e que ela, como sua ex-mulher, mantém uma excelente relação com ele. Destaca, ainda, que a filha do Sr. Vélez mora em outra unidade do imóvel. O homem não vai deixar cair o prédio onde mora a própria filha. A Srta. Vélez confirma. A Sra. Buscaglia pede a palavra para comentar que a administração que está saindo não conseguiu controlar o hábito dos proprietários de jogarem lixo pela sacada. No seu terraço, que está no térreo, caem bitucas de cigarro, comida de cachorro, migalhas de pão, preservativos usados e até a casca de uma banana. Já bateu de porta em porta com a casca na mão, mas ninguém se responsabilizou por ela. Ressalta que o mais dramático foi quando jogaram um cigarro acesso que queimou a orelha do seu fox terrier. O condomínio deveria ressarci-la pelo gasto com o veterinário. Espera que a administração que está entrando resolva a situação.

O Sr. Puente continua apresentando os demais candidatos. Os participantes fazem as suas escolhas. Por uma maioria de votos, com 61,56%, o Sr. José Antonio Vélez é eleito administrador do edifício a partir do mês seguinte. A Sra. Buscaglia quer deixar bem registrado, entre as prioridades a serem atendidas, o incidente da orelha do seu cachorro e a chuva de lixo no seu terraço. A Sra. Fiorito manda que o administrador controle o que a Sra. Consoli escreve na ata. A Sra. Consoli diz que assim que terminar de pensar um relato coerente, enviará o rascunho por e-mail para a administradora. A Sra. Fiorito exige energicamente que a ata seja redigida in situ e intima a Sra. Consoli dizendo que não tem nada para pensar. A ata deve refletir os acontecimentos tal como são, sem floreios.

Começa uma discussão na qual a Sra. Fiorito solicita à Sra. Consoli que não toque nela, senão vai chamar a polícia. Ela responde dizendo que não a tocou. A Sra. Fiorito pede para que ela se afaste porque não cheira bem. O Sr. García, se dirigindo à Sra. Consoli, diz que ela insiste em integrar o condomínio, mas ele repudia a sua presença. Continua falando que a Sra. Consoli não está bem da cabeça, que está doente. A Sra. Consoli argumenta que a sua avaliação é subjetiva e ele responde que, sim, que é sua opinião. Ela lembra que não se candidatou, mas que foi escolhida para redigir as atas. O Sr. Puente comenta que a Sra. Consoli escreve as atas de maneira detalhada. A Sra. Fiorito informa à Sra. Consoli que vai denunciá-la como demente e sociopata, um perigo para o edifício. Depois de dizer isso, abandona a sala. Em seguida, volta a Srta. Vélez, que havia se retirado por um momento, e, interpelando a Sra. Consoli, diz que se ela voltar a tocar em sua mãe postiça, vai chamar os seus irmãos para que a moam de pancada. A Sra. Consoli lhe explica que acaba de formular uma ameaça na presença de testemunhas. A administradora e o Sr. Puente esclarecem para a Srta. Vélez que a Sra. Consoli não encostou na Sra. Fiorito. A Srta. Vélez reitera a ameaça acrescentando que a Sra. Consoli é uma

merda como todas as pessoas que moram naquele edifício. A Sra.
Consoli refuta dizendo que ela também mora no mesmo lugar. A
Sra. Buscaglia pede desculpas, mas quer saber, antes de se retirar,
quando vai ser ressarcida pelos honorários do veterinário.
Sendo 21:21, termina a sessão.

A Sra. Consoli permanece olhando a correspondência que o porteiro deixa sobre a mesa da recepção para que cada proprietário retire a sua. Depois de alguns minutos de silêncio no hall, escuta passos que se aproximam e uma porta que se fecha. Por cima da armação dos seus óculos tartaruga, olha naquela direção. Entram o Sr. García, a Sra. Fiorito e a Srta. Vélez, discutindo em voz muito alta. Param ao vê-la e a impedem de passar. A Sra. Fiorito grita com a Sra. Consoli, a acusa de ter mentido para sua enteada, a Srta. Vélez, durante a reunião, quando, diante dos demais presentes, negou que tivesse encostado nela. A Sra. Consoli nega mais uma vez, a Sra. Fiorito insiste. Diz para ela: você me encostou, suja. Os demais confirmam, a insultam, a convidam a desistir de continuar morando naquele edifício. A Sra. Consoli responde que eles estão fora de si e que não tem motivos para continuar a conversa. A Sra. Fiorito se aproxima até quase encostar nela e a empurra pelo ombro. A Sra. Consoli devolve o empurrão. Os três a rodeiam e a fecham em um círculo. Tenta sair, mas eles não deixam. Começa a quicar dentro da roda.

Vai de um lado para outro, sem conseguir se equilibrar. Sua fivela abre e seu penteado se desfaz, o cabelo sacode solto. Os óculos caem e quebram, um pé os amassa. Grita. Berra que vai chamar a polícia. O Sr. García pontua que ninguém vai ouvi-la, muito menos a polícia. Ela argumenta que estão infringindo os seus direitos e que está sendo violentada. O Sr. García lhe diz que é advogado e solta uma gargalhada. As demais o imitam. O corpo cada vez mais abatido e frágil continua quicando no meio da roda. O cabelo cobre todo o seu rosto. Os ombros se afrouxam, a cabeça se deixa guiar pelo ritmo daquela dança. Está agitada. Respira com dificuldade, transpira. As gargalhadas aumentam. Gritam, assobiam, aplaudem. Entre os risos, é possível escutar um gemido.

Às 7h30 da manhã, o Sr. Puente sai para o trabalho. Se surpreende ao ver o porteiro cercado por policiais e paramédicos no hall de entrada. Estão inclinados sobre um vulto no chão. O Sr. Puente pergunta quem é e o que aconteceu. Explicam que se trata da Sra. Consoli, que foi vítima de uma queda ou de um infarto. Possivelmente deve ter escorregado e desmaiado quando bateu com a cabeça no friso de ferro da escada. Tem sangue. Os peritos estão tirando as impressões digitais e anotando os dados. Não será possível circular pelo hall durante algumas horas. Será preciso avisar os parentes. Os peritos estão certos de que se trata de um acidente. De qualquer modo, não descartam que a Sra. Consoli possa ter reagido a uma tentativa de assalto na entrada do edifício. Infelizmente, não há testemunhas. Os demais proprietários serão interrogados.

O Sr. Puente liga do celular para a administradora que está saindo: Teremos que fazer uma ata, a Sra. Consoli morreu antes de mandar o rascunho. Do outro lado, a administradora manifesta que vão precisar convocar outra reunião: pelo que aconteceu na assembleia, o Sr. José Antonio Vélez, eleito para sucedê-la, tinha desistido de aceitar o cargo. O Sr. Puente concorda, será preciso avaliar novas propostas. Aproveitando, já que estavam falando, queria pedir para a administradora que deixe registrado na ata algo que esqueceu de mencionar na noite anterior e que é de suma importância. Por alguma razão, a hera que cobre o muro dos fundos ficou amarelada e logo ficará seca, vai perder as folhas. Não deveria, porque é das perenes, foi ele mesmo quem a plantou, há muitos anos. Se trata de uma autêntica Hedera Helix, nome botânico. A causa pode ser os caracóis ou os bichos cabeludos, talvez as formigas, falta de ferro, por favor, delegue a quem corresponder o mais rápido possível.

A Sra. Buscaglia entra no hall, se cumprimentam. Durante alguns segundos, ela observa o vulto de um metro e meio coberto com uma capa, que três paramédicos levantam do chão com cuidado. Segue o seu caminho e, antes de subir no elevador, se dirige ao Sr. Puente para perguntar se, por acaso, ele deixou cair uns óculos tartaruga que se despedaçaram no seu terraço, porque o cachorro comeu uns pedaços de vidro na noite passada.

As choronas

Herdei do meu avô a mania de dar apelidos estranhos para as pessoas. Tive a ideia de apelidar de "choronas" às fumantes que trabalham comigo na revista de Susana Figueras, apesar de elas nunca chorarem. São, ou aparentam ser, estoicas, habitadas por gestos rigorosos, porte de manequins, destemidas. Mulheres à prova de outras mulheres. No entanto, estou certa de que se submetem de uma forma dissimulada. Fumam para não chorar, preferem mergulhar na fumaça a se humilhar entre lágrimas, assim resistem.

Descem para fumar no pátio da recepção. Chegam em turnos. Deambulam e se acomodam no lado de dentro da grade que separa o edifício da rua. Com um andar altivo como os dos leões na jaula, serpenteiam. E se dividem de um jeito que – com mais ou menos colorido – sempre compõem o mesmo quadro. Um queixo erguido, com o rosto recortado entre a grade, sopra a fumaça para cima até que ela se misture com o *smog* dos carros. Algumas apoiam as costas na grade, o cabelo solto faz sombra na calçada; seguram debilmente o cigarro, a ponto de ele cair da mão desenganada. Outro punhado de dedos lança a bituca ainda acesa para apagar na água da rua, e um pé mais temerário a amassa na parte de cimento do canteiro (o que tira a chefe do sério). Alguma delas caminha em círculos, como se fosse uma presidiária, deixa a fumaça sair em escalas, no ritmo do pensamento. Alguém, contra uma parede, tem o olhar perdido na lajota do chão, os braços em volta da cintura, enquanto a cinza avança, queimando o papel e formando uma torre na ponta.

Procuram um canto para ligar para o namorado, para o marido, para uma amiga ou para a mãe, em um cochichar amargo. Além das choronas individuais, organizam grupos de duas, três ou quatro. Conversam cheias de energia, se interrompem, atropelam as frases umas das outras. É difícil que se escutem entre si, enquanto tragam e soltam a fumaça com força, sem respirar entre um trago e outro.

Ultimamente, depois do almoço, o grupo aumenta, como um corpo que engorda. Foi Susana quem me alertou, enquanto nós duas trabalhávamos sozinhas no seu escritório:

– Conspiram – disse, quebrando o silêncio; me pareceu a conclusão abrupta de um monólogo interior.

Surpresa, levantei o olhar, era possível ver um ar de nojo no seu rosto.

– Quem? – perguntei, olhando para os lados, por cima do ombro, na direção da porta.

Indicou com os olhos a janela entreaberta por onde subiam as vozes e a fumaça.

– Querem falar com o mecenas.

– Por quê? Quem? – quis parecer tranquila, desinteressada.

Não respondeu, se referia às fumantes. Detesta responder obviedades. Balançou impacientemente a caneta de pena sobre os papéis, a tampa voou para o chão e caiu bem entre meus pés: vamos continuar, não se distraia, entendi que era uma exigência. E me devolva a tampa. Tive que pegá-la, devolvê-la e conter a minha fúria. Depois de dois anos e meio, já consigo entendê-la. Perfeitamente. Mas odeio que ela me trate como um ser inferior. Aguento, tolero, não vou ficar presa nisso. Meu mantra.

Desde aquele dia, presto mais atenção: depois do almoço, todas vão para o pátio. Não importa que o frio faça os queixos baterem. Se enchem de cachecóis e casacos, uma mão com luva no bolso, e a outra, nua, treme segurando o cigarro. A fumaça escapa, se confundindo com o ar gelado da respiração. Naquela hora, exatamente naquela parte, o céu fica mais denso e pintado de branco.

Das quatorze mulheres que trabalham na redação – sem considerar o ritmo frenético de trocas: Susana frequentemente as demite ou elas pedem a conta –, as choronas geralmente se mantêm em um número de oito ou dez. Porque não fumamos, a diretora, a sua assistente, a recepcionista e eu, com o cargo de editora-chefe, ficamos excluídas. Houve casos assombrosos de jovens que, ao começarem a trabalhar, juravam ter parado de fumar por motivos de saúde ou por simples determinação, e em pouco tempo eram vistas indo e vindo com o trânsito de solas que gastam as escadas em direção à recepção. Não voltam as mesmas dessa viagem. Alguma coisa se transforma nelas, alguma coisa faz com que elas voltem constantemente. Talvez com mais coragem.

No organograma da *Quintessência*, depois de Susana, venho eu. Por isso elas me evitam. E porque não fumo. Se me aproximo, param de falar ou conversam banalidades. Certa vez, até escutei um "fiquem quietas", quando alguém me viu passar pela porta de vidro, e simularam discutir sobre inseminação artificial, como também poderia ser sobre as calorias de um iogurte integral e um desnatado.

As observo quando chego ao escritório ou se saio para almoçar em algum restaurante. Passo devagar pela recepção, como se estivesse contemplando os quadros de uma exposição. Gosto do ritual que compartilham. A liturgia do maço de cigarros. O celofane, o puxar do papel metalizado, o isqueiro e o barulhinho dos fósforos, as posturas dos corpos ao fumar. Uma espécie de pressa ou ansiedade que precede o primeiro trago. E o alívio do rosto em seguida. Particularmente essa imagem. Queria saber como elas se sentem. Imagino o momento em que combinam, com uma piscada ou com uma palavra, e descem. Descer para assoprar o ar e voltar com aquele cheiro de ferro na boca, na pele, no cabelo. Procuro medir a intensidade de cada uma dessas pessoas que se dedica a esses minutos de nicotina e reflexão. Ou será outra coisa?

Não posso evitar de compará-las às suplicantes, umas pequenas vestais de pedra que descobri nos museus de Tucumán e Catamarca. Figuras que os aborígenes ameríndios talharam com o olhar em direção ao céu, como se estivessem em transe, os lábios entreabertos, as mãos tocando o rosto ou a cabeça, o corpo enroscado sobre si mesmo nas formas mais complexas.

Uma coisa que chama a atenção é que, na *Quintessência*, só são contratadas mulheres. Nunca entendi se foi uma decisão dEla ou um acaso. Os únicos homens que nos visitam, para temas pontuais, são os colaboradores externos, fotógrafos, colegas de outras empresas. Vêm para falar de espaços publicitários, comercialização e canais de venda. Ou o garoto do delivery, que traz as marmitas do almoço.

O mais intocável é o mecenas. Um tipo incorpóreo e todo-poderoso a quem devemos, segundo Susana, a sobrevivência da revista de arquitetura, arte e design, que, longe de dar lucro, acumula prejuízos. É muito caro produzi-la e vende muito pouco. Fiz as contas mais de uma vez e elas não fecham. O mecenas a mantém (o mecenas a mantém? Me pergunto diariamente). Nunca o vimos ou falamos com ele, nem conhecemos a sua voz, mas estamos agradecidas pelos nossos salários depositados no último dia de cada mês; pelas mesas confortáveis; pela generosidade no uso do telefone, das impressoras e do consumo indiscriminado de café (com adoçante a granel); pelos táxis para as reuniões; pelas viagens, poucas, por motivos especiais.

Trabalho aqui há três anos e não consigo identificar o homem por traz do cargo. O cara que todos os meses vai dizer: para os gastos, e estender um cheque sem nenhum outro motivo. Porque o dinheiro lhe sobra e ele gosta dEla, ou é seu amante ou tem pena dEla. Ou estão enredados em um enrosco de famílias nobres, dívidas históricas e poder. Cumprimente as meninas por mim, talvez diga. Como se desse um pouco de atenção às filhas que evita ver.

No começo, tentei averiguar. Envolvia a chefe com perguntas agudas, sutis, para que ela falasse. Impossível: Susana está sentada em cima do segredo como uma leoa de pedra na porta de uma mansão. Nem sequer me respondeu por que seu nome não aparece no staff, como patrocinador, pelo menos, insinuei. Que adianta investir dinheiro se não?... Porque não, ela me respondeu, como se eu fosse criança.

Em algumas noites, fiquei sozinha no escritório para mexer nas suas gavetas, procurar uma foto, uma assinatura, um documento que confirmasse a existência dele. Nada: o mecenas é fumaça. Ainda pior: ar. Todos os acessos à sua identidade estão cuidadosamente vedados e qualquer investigação me leva de volta a essa palavra que se fecha contundentemente como uma porta de ferro: o Mecenas (na boca de Susana soa com maiúscula).

Uma ideia que, com o tempo, fomos nos acostumando na redação: a intriga cedeu e convivemos com o Senhor como os crentes se habituam à fantasia de um deus. E sim. O mecenas é uma espécie de Messias entre nós. Quando falamos dEle nas nossas conversas cotidianas – A Susana vai levar a nova proposta de design para o mecenas?; Não sei o que o mecenas vai dizer da minha licença; Ainda bem que o mecenas vai dar aumento por causa da inflação neste ano; Quantos anos deve ter o mecenas? –, me sinto fazendo parte de uma seita religiosa.

De qualquer modo, algumas vezes ainda acontece. Principalmente com as novas. Nas reuniões em grupo, nas quais geralmente me cabe apresentar o próximo número, alguma ingênua consulta:

– Vamos conhecer o mecenas?

Agora vai, penso na ponta da mesa de reuniões, como alguém que detecta a queda de um meteorito. Ou melhor, de uma estrela cadente, porque passa e vai embora. Olho para o infinito, apoio o queixo com a mão, a ponta dos dedos cobrindo parte da boca. Me ajuda a manter a calma e me abster de opinar. Observo as reações. Expressões, mandíbulas, ombros, caretas, estremecimentos, apertões. Cotoveladas, risadas, tosses forçadas. Canetas que estavam fazendo espirais na folha começam a perfurá-la. Umas colegiais, me cansam. No entanto, elas se divertem:

– *Mister is confidential, dear.*

– Você colocou a mão em material inflamável, querida.

– Que maravilhosa, adoro ela.

– Por que não pergunta para a editora-chefe que controla tudo? – interrogou há pouco a Gunda, a pior de todas.

Fiquei vermelha, apesar de estar acostumada.

– Parem de dizer bobagens, por favor. Vamos continuar com a apresentação – Susana interrompeu na outra ponta, onde se instala como uma esfinge, imóvel, sólida. Levantou as sobrancelhas na minha direção, para que eu continuasse.

Vi o rosto sufocado, e ao mesmo tempo satisfeito, da Gunda; reprimia um comentário do tipo: claro, *bitch*, desse assunto não se fala. Como é avantajada e um pouco machona, quando fica vermelha (de brava, nunca de vergonha), transpira. Sente prazer em deixar claro que o mecenas é um assunto intocável, que tira Susana do sério e que desperta a curiosidade das mais novas.

– É preciso desvirginar as mais novas com esse assunto do deus enjaulado – escutei ela falar uma vez quando cheguei à recepção e ela fumava de costas, na direção do pátio. Parou de falar quando me viu.

Que a Gunda era lésbica era algo que também não se podia revelar: Susana a demitiria se soubesse, segundo os rumores que a própria Gunda espalha. Por quê? Ela não gosta das margens, respondem ácidas. E a Gunda não está em condições de ficar sem trabalho, dizem, porque mantém uma mãe muito doente, louca desde que o esposo morreu. Fugiu de não sei quantos asilos e atacou os enfermeiros em um hospício. Experimentaram nove medicações diferentes sem alcançar nenhuma mudança de comportamento: é uma senhora violenta. Algumas vezes observo a Gunda e desconfio da hereditariedade.

Outros rumores dizem que a chefe já sabe, porque ela também é "sapata", comentam, mas ela faz de conta que não sabe de nada. As que levam e trazem as diferentes versões também não têm certeza. Porque se o mecenas é seu amante, cai por terra a teoria da homossexualidade da diretora.

A Gunda sabe muitas coisas sobre construção, e os conteúdos dessa seção são organizados por ela, que, além disso, é arquiteta, ou quase, não sei se terminou o curso. Seu pai, mestre de obras, lhe ensinou o ofício, dizem que com a pá na mão. O homem morreu caindo de um sétimo andar. Os rumores chegaram ao extremo de sugerir que trabalhava para o pai de Susana quando aconteceu o acidente. Por isso, se supunha, a diretora não pode demitir a Gunda, a mais piqueteira, a que lidera e defende qualquer causa das choronas com patotismo sindical. A encarnação viva do funcionário público sindicalista.

A Gunda também dá apelidos. *Bitch* é o apelido que inventou para a diretora. Sei lá como me chama, mas com certeza não é de Branca de Neve, talvez de Cinderela: ela acha que eu puxo o saco da chefe para conseguir uma promoção. Eu acho engraçado, porque acima do meu cargo está o dEla, que é a dona, como vou substitui-la?

Por causa do meu cargo e pelo respeito que Susana tem pela minha trajetória, na *Quintessência* tenho privilégios que as demais colaboradoras não têm. Com elas, é uma diretora cruel. Ridiculamente inflexível com o horário de entrada e despótica com o uso do tempo. Aceita que precisem sair para fumar, como uma necessidade vital, um chamado mórbido da natureza, e procura não questionar, mas as despreza. É uma crítica atroz dos textos: lê cada um deles atentando para os detalhes mais absurdos e chegou a fazer que reescrevessem seis vezes um deles. Atormenta as designers com a escolha das cores ou com a distribuição do material no papel. Tortura as fotógrafas com os problemas de luz, definição e enquadramento. Sabe um pouco de tudo e qualquer coisinha para ela é um problema. O que as choronas não veem é que comigo também não é uma flor.

Seu maior defeito: jamais equilibra a fúria com algum gesto doce, não entrega nem um pouco de bondade. Nunca organiza uma festa de final de ano e guarda os presentes que ganha dos clientes nessas datas: mais de uma vez, vi como tirava dissimuladamente um chocolate de dentro da gaveta e o comia às escondidas, com uma atitude de ladra. Anuncia os aumentos reclamando – tudo graças ao altruísmo do nosso mecenas (só falta completar: "Oremos, fiéis seguidoras") – e uma infinidade de vezes insultou as funcionárias em meio a considerações escandalosas.

Susana, lá no fundo, é tímida, extraordinariamente tímida. Defensiva, se torna ditatorial. Se afoga com uma tosse alérgica, coça o couro cabeludo até fazer buracos no cabelo e é um pouco gaga. Vive tensa, rígida, neurastênica. Não olha de frente e sempre dá por encerrada uma conversa quando quer ou se mostra indiferente aos temas que lhe incomodam. Isso tira do sério quem trabalha com ela.

Por alguns conhecidos em comum, sei que cresceu na sombra de seu pai, Ernesto Figueras, um dos arquitetos mais renomados do país e do mundo. Susana, a mais velha de suas duas filhas, começou a faculdade de Arquitetura, mas a abandonou. A mesma coisa aconteceu com a de Direito, Psicologia, Ciência Política e Letras. Por fim, já mais velha, terminou um curso de decoração de interiores e preencheu dezenas de cadernos como ouvinte esporádica em cursos curtos de arte, edição, literatura, filosofia oriental, paisagismo, grafologia, mandalas, origami, francês. Tudo o que as mulheres ricas do seu entorno faziam. Para se diferenciar, queria, a qualquer custo, ter um projeto próprio, ao estilo de Victoria Ocampo. Até que, com cinquenta anos, idealizou a revista de arquitetura, design e arte. Dizem que foi o último conselho do pai antes de morrer (resignado).

Rastreando o caminho de uma vocação tão errática, é fácil entender por que decidiu chamar a revista de *Quintessência*: que é éter. Nem terra, nem ar, nem fogo, nem água. Que não é nem Arquitetura, nem Letras, nem o Pai, nem o estrelato das grandes vitórias. Éter: "Fluido hipotético invisível, sem peso e elástico. Se considerava que preenchia todo o espaço e era o meio transmissor de todas as manifestações de energia". Um turvo vazio.

As choronas não se interessam por essa parte: a privacidade de Susana, o motivo das falhas no seu cabelo seco até os ombros. Está claro que vão por causa do salário, para fazer carreira, em alguns casos, ou porque precisam se ocupar com alguma coisa. Para passar melhor o tempo, para encurtá-lo, descem em turnos para fumar no pátio e se reanimar. O trânsito nas escadas é incansável. Jovens, bonitas, feias, velhas, irritantemente magras ou com carne de sobra e parturientes, vestidas na moda ou fora dela, ninfomaníacas, pacatas. Uma variedade de mulheres que, conforme passam os anos, vão e vêm das mesas ao fumódromo sem pausa.

Demoro para entender que, nesse espaço, o mecenas é invocado de outro jeito. Mais uma vez, Susana me coloca em alerta:

– Conspiram – diz de novo.

Como da vez anterior. Ou quase, porque, dessa vez, se levanta da mesa com sua xícara de café na mão. Noto que está mais intranquila. Como se tivesse confirmado a ameaça que era apenas suposição. Dou a volta para acompanhá-la com o olhar, absorta.

– Quem? – repito, como daquela vez.

Penso em um programa de auditório e meu lábio se abre em um sorriso que quero conter. Vou com ela até a janela. Seu escritório está exatamente em cima da recepção, na esquina entre duas ruas. A vista para frente dá para o pátio e a avenida principal; pelo lado, para o estacionamento onde guardamos nossos carros, na rua lateral. Desse lado, ela mostra:

– Elas.

Tenho dificuldade para identificá-las. Lá embaixo, misturadas com os ramos e as folhas de duas acácias cujas copas caem do terreno vizinho, suas figuras recortadas contra a hera do fundo, é possível vislumbrar três ou quatro cabeças reunidas. Pelo modo brusco de afastar a fumaça – estendem a mão para trás ou tiram o rosto para fora do grupo –, é evidente que conversam ou discutem energicamente. O vidro fechado nos impede de escutar. Olho para Susana de canto: aperta as mandíbulas, está com as bochechas tão esticadas que a maquiagem se afunda nas rugas. Deve abrir as janelas nos dias mais frios para tentar escutar.

– Quem? – insisto.

Quero que diga os nomes. Vi o cabelo laranja incendiado da Gunda.

– Não importa. Conspiram – responde Susana, com um movimento de olhos que interpreto como cansaço.

Já perdeu o interesse em compartilhar isso comigo. Suas mudanças de humor... Se senta de novo e toma café em silêncio. Noto sua tristeza. Ou seu cansaço extremo. Está mais irascível, descuidada. Com olheiras, abatida. Uma planta que não é regada há bastante tempo. Será medo?

– Mas quem? O que conspiram?

– Você é mesmo tão infantil? Não percebe? – Fala brava, como se os seus dentes rangessem. – Nada?

– Não entendo. O que você está querendo dizer, Susana? – falo, começando a perder a paciência.

Meu tom a afeta, relaxa um pouco, respira fundo, tenta ser mais agradável. Se inclina na minha direção no máximo que permite a mesa (estava sentada na sua frente). Me olha fixamente e responde em voz baixa:

– Pretendem falar com o Mecenas. Querem se livrar de mim. Coitadinhas.

– Se livrar...? – fico quieta, um absurdo. Parecemos dois espiões malsucedidos em um filme americano de péssima categoria – Como fariam para localizá-lo, para falar com ele...? – reprimo a curiosidade. A conversa pode ser estúpida, mas me deixa morta de inveja: por sua rebeldia, as choronas (a Gunda liderando) desvendaram o enigma. E eu, desde o meu lugar privilegiado, continuo sem sequer passar perto. Imbecil.

– Não podem, não tem outro jeito – responde segura. Mais uma vez me sinto aliviada: elas não desvendarão o mistério antes de mim. – Enfim, é algo sem importância. Continuemos. Onde estávamos? – diz, incômoda, como se de repente estivesse com pressa, e abre a pasta, folheia os papéis procurando alguma coisa.

É a última vez que trabalhamos juntas durante várias horas. Começa a faltar. Susana? Sim, isso nos preocupa. Os rumores se espalham pelos corredores como uma epidemia; as normas são relaxadas, uma espécie de bacanal que se disfruta com culpa. Nas ocasiões em que Ela aparece, se tranca no seu escritório com a secretária, fico com ciúmes. Só a vejo quando do passa como um raio do elevador até o escritório, sem olhar para os lados. Uma vez a segui como uma boba, gritei Susa... Flecha, raio ou barata veloz. Uma batida de porta. Sequer me olhou. Passo a detestá-la, penso na injustiça desses anos dedicados a ganhar sua confiança para receber isso em troca. Grosseria, falta de consideração. Me imagino pedindo a conta para castigá-la, ela merece, penso na sua cara quando eu disser que tenho outro trabalho, que estou feliz, e continuo maquinando até que finalmente a notícia cai como uma bomba, no meio da sala de reuniões: está doente. Susana? Sim. Sua assistente informa que "uma gripe foi se complicando".

A irmã da chefe, Ofelia, faz uma aparição estelar, vem se "ocupar por um tempo das coisas, até que Susi esteja melhor". No final, isso não acontece. Está com câncer no pulmão, internação, metástases.

Fico surpresa que compareçam ao velório quase todas as choronas de diferentes épocas. Algumas que Ela demitiu durante um arrebato, outras que, ofendidas, foram embora por sua própria conta, que a mandaram para o inferno. Cumprimento a maioria e com algumas converso por alguns minutos na calçada do cemitério. Conto aproximadamente vinte e oito mulheres com um cigarro na mão. Vinte e oito bocas semiabertas em posição de sorver o vento. Vinte e oito posturas de estátua. Vinte e oito dedos indicadores batendo o rolinho de papel para cair a cinza. Vinte e oito pares de olhos aturdidos. E outros tantos anéis de fumaça sobem por cima das suas cabeças, nublando as frases ditas em voz baixa.

Por que vieram? Umas querem vê-la morta; outras, por respeito, curiosidade, nostalgia. Fofocas. Obediência. Morbidez. Reparação (repito a palavra, que ecoa no meu rosto). Querem ficar bem com os parentes e garantir o trabalho. Ou, talvez, o mesmo que eu: descobrir quem é o mecenas (tem que estar aqui, com certeza). Agradá-lo. E ascender, principalmente. Quem sabe agora sou nomeada diretora.

No centro, a chefe dorme amortalhada. Do lado do caixão, o grupo se acomoda em semicírculo para que todas possam caber. Uma vez acomodadas, param de fumar e começam a chorar. O quê? Não consigo ver as vinte oito, mas poderia jurar que a maioria chora. Com maior ou menor estridência, com diferentes estilos: gritos e espasmos, dissimulação ou sobriedade. Choram, deixam lágrimas cair. Quase trinta cabeças balançam com os rostos vermelhos, levam papéis e lenços ao nariz e aos olhos, automaticamente. Olho para todos os lados procurando o regente da orquestra: é inverossímil esse desdobramento sem uma coordenação externa. Sou a única que destoa do clima fúnebre, porque, por maior esforço que eu faça, não sinto vontade de chorar. Me sinto incomodada, quero fugir. Dou os pêsames para a irmã, os sobrinhos, a mãe de Susana em uma cadeira de rodas, comovida com a despedida multitudinária (vai achar que a filha tem alguma coisa de Lady Di ou de Victoria Ocampo, como tinha sonhado), e saio de lá o mais rápido possível.

A revista passa para as mãos de Ofelia. Outra Figueras no comando, é isso, chega para mim, chega para todos. Aceito outro trabalho como correspondente de um jornal. Ela insiste para eu ficar, me oferece um aumento, agradeço, mas não. As portas estão abertas para quando eu queira voltar, diz.

Me animo a perguntar para ela sobre o mecenas: ela ri, ri muito, se balança, treme, vai se curvando com uma risada quase obscena, às gargalhadas. Ofelia é alegre e espontânea, mais atrativa como mulher que Susana, apesar de seus traços feios e toscos, um pouco masculina e descuidada. Não se esmera: vem trabalhar despenteada, mal maquiada, com a roupa sem combinar. De qualquer modo, prefiro isso à rigidez até a morte dEla.

– Você está brincado – quase cospe quando consegue se recuperar do ataque de tosse que lhe produziu a gargalhada. Toma alguns goles de água, apoiada na mesa. Seca as lágrimas com a parte de trás das mãos e espalha o rímel violeta como os aviões que deixam um rastro no céu (em contrapartida, me lembro do lenço branco imaculado, bordado com o S de Susana). – Minha irmã sempre me comentava que você era sua editora de confiança. Achei que você fosse esperta. Não é possível que você tenha acreditado na história boba do mecenas – se senta no sofá.

– Por que não? Susana falava dEle todos os dias, em todos os sentidos – me defendo, meio ofendida e orgulhosa, como se eu fosse mais próxima dEla que a própria irmã.

– Justamente. Motivo de sobra para suspeitar. Gosto da Ofelia. Ri da sua irmã e não de mim.

– Afff – diz, sacudindo a mão como uma bêbada. – Ela estava paranoica. O mecenas nunca existiu – confirma. Experimento, mais uma vez, uma mistura de revelação e confusão.

– Vem, senta...

Me oferece um café, conversamos. Susana inventou a figura daquele senhor para se sentir respaldada. Para se defender dos questionamentos das funcionárias; como se sabe, as mulheres são complicadas. Finalmente, esclarece: Susana mantinha a revista com a fortuna herdada do pai. Seu dinheiro, nenhum mecenas patrocinador. Nenhum *sponsor* para ser venerado.

– Assim construiu um dique contra transbordamentos, cheias, inundações. Isto é, reclamações de salário, rivalidades por cargos similares ou promoções, licenças. Tudo era resolvido pelo mecenas, que era, claro, a própria Susana. Seu temível exército de guarda-costas – ela ri mais uma vez.

Nos despedimos. Me abraça. Sinto que gosta de mim e me dá pena ir embora.

– Se eu ficasse na revista – pergunto, de repente, surpreendendo a mim mesma, o que estou fazendo? Enlouqueci? –, continuaria com o mesmo cargo?

– O mesmo, com um aumento – afirma, subitamente séria. Meu coração dispara, há uma luz.

– Trabalharia diretamente com você, como fazia com Susana?

– Hahaha – recupera o sorriso de gozadora. – Você trabalharia com a Miriam. Eu assumi como diretora, mas ela é a nova diretora executiva. Na verdade, você é a primeira a saber.

O coração para, corte de luz repentino. Faíscam os fusíveis queimados. Miriam é a Gunda. Você vai trabalhar com a Miriam, vai se humilhar na frente dela. As choronas governarão a Ilha Baratária. Você vai morrer de fumaça, de solidão.

– Então você vai ficar? Chamo a Miriam e nós três conversamos. Preparamos os avisos...

– Vou pensar – minto.

Pela primeira vez na minha vida, sinto vontade de alguma coisa parecida com fumar.

A redação do jornal onde trabalho está no mesmo bairro e cada vez que desço do ônibus passo pela calçada em frente ao escritório da *Quintessência*. Continuo vendo sempre, em diferentes horários do dia, um grupo de choronas entre as grades. Essas são as que não fumam, as que nunca fumaram e que, possivelmente, jamais fumarão. Seus rostos choram do mesmo jeito, eu vejo: a mesma queixa estoica, enquanto esperam que o dia acabe, cochichando pelos cantos.

Conspiram contra a irmã? Pelos e-mails que troquei com algumas, essa Figueras se revelou ainda mais déspota que a anterior, mas exerce sua ditadura com um sorriso burlão, cheia de confiança. Perversa. E não precisa da máscara de um Homem para se justificar. É simplesmente Ela.

Desculpa, o que é que eu estou falando?: É ela e a Gunda, sua guarda-costas. Sua companheira, segundo as más línguas que levam e trazem as fofocas.

Susana já não está, pelo menos isso está claro. Nem flameja, como uma bandeira demasiado grande, a sombra do mecenas, escurecendo as janelas do escritório. E, no entanto, de fora, tudo continua igual: tristes virgens sonham no pátio e choram enquanto envelhecem.

Retrato de família

– A senhora me desculpe, mas até que não tenha certeza de que eu sou a pessoa ideal para constituir a sua família, não vou deixá-la sair.

Ela respondeu com algum som abafado, por baixo da fita adesiva.

– Não entendo nada – o homem disse enquanto arrancava a fita. – Diga.

– Aaah! Como essa tortura pode ser boa? – gritou e esfregou os lábios no ombro, porque sentia a boca arder.

– Calma. Quanto mais calmos estivermos, melhor – ele respondeu parcimoniosamente. – Estou dando tempo para que me conheça e veja com seus próprios olhos que eu posso ser um marido para a senhora e um pai para a sua filha – continuou falando, enquanto desamarrava a corda com que tinha atado as mãos dela na noite anterior.

Ana respirou fundo, não ia ser fácil chamá-lo à razão, um louco, sem dúvida, um demente. Enlouquecia com a facilidade com que ele emendava uma bobagem depois da outra. Massageou os pulsos livres. Pensou em quanto tempo demoraria para desaparecer a marca da corda tatuada na sua pele. Olhou para Camila, que dormia como um gato aninhado no sofá, ali perto. O homem tinha tido a delicadeza de colocar um cobertor quentinho em cima dela. E também tinha colocado um aquecedor, sem que ela tivesse pedido.

– Trato fechado? – ele perguntou, ao mesmo tempo que lhe oferecia um mate.

– Não tem trato! – recusou bruscamente, ainda que estivesse morrendo de vontade de aceitar o mate ou qualquer outra coisa para matar a fome. Ainda sentia o enjoo, a sensação de cabeça cheia de líquido, como se tivesse entrado água pelo nariz e fosse afundando milímetro a milímetro. Lufadas de um vapor igual às da piscina de natação: umidade, cloro, ar viciado, claustrofobia. Talvez fosse resultado do estômago vazio e do pânico.

– E posso saber por quê?

No chão, onde continuava sentada encostada em uma parede, Ana apertou os punhos embaixo das coxas, contra o azulejo frio. Se continha para não gritar de novo. Ou se jogar em cima do sujeito e arranhá-lo. Queimá-lo com a água do mate até deixá-lo em carne viva. Insultá-lo, filho da grandissíssima puta, disse para si mesma, doente de merda, anormal. Por Camila, para protegê-la, conseguiu manter a serenidade o tempo todo.

– É impossível gostar do senhor porque sim, porque o senhor quer. Uma loucura. Realmente não entende?

– A senhora é quem não entende: estou lhe dando uma chance. Por isso trouxe vocês para cá, para que me conheçam. As duas vão querer ficar, eu tenho certeza. Não prestou atenção na sua filha quando brinca comigo?

– Me escute. Trate de prestar bem atenção – disse firme, embora aturdida. As suas próprias palavras retumbavam, sua cabeça líquida crescia. A sensação de ter água por dentro subia até a altura da testa, ou no nível das sobrancelhas. – Não vou me apaixonar, mesmo que o senhor me mantenha presa aqui durante cinco, dez ou sessenta dias.

– Por quê? Ah, sim, porque não sou da sua classe, ou porque sou mais velho. Sabe de uma coisa? Os de sua classe são um lixo. Ou, por acaso, o seu ex não a largou? Um animal. Com a criança que nem completou quatro anos – resmungou, indignado, a testa frangida de repente, com uma enorme ruga que enterrava os seus olhos por baixo das pálpebras. – Posso ser humilde, mas pelo menos tenho dignidade e sentimentos. Jamais faria isso com uma mulher como a senhora. E muito menos com uma filha.

– Em que mundo o senhor vive? Já lhe expliquei. Meu tio está morrendo... – abaixou a cabeça para chorar, escondendo-a entre os braços. – E nós, aqui, sequestradas...

– Escute, não me provoque! Isso não é um sequestro, já disse: se considere convidada para passar uns dias na minha casa... – fechou os olhos, na tentativa de controlar a paciência, e abriu-os para vê-la da altura da cadeira, onde tinha se sentado para convencê-la a aceitar o mate, alguma coisa para comer, uma cadeira, pelo menos; dava pena vê-la como uma mendiga ali no chão. – Não faça isso, não fique assim. Acaba comigo. Vou cozinhar para vocês. Vou cuidar de vocês. Vamos colocar desenhos animados na televisão para a menina. Se a senhora quiser, até posso ir comprar balas e brinquedos – pensou um pouco. – Mas a deixo amarrada e a porta com cadeado.

Ana esperou. Tinha que ser cuidadosa com as palavras. Convencê-lo de qualquer jeito. Entre todas as situações de perigo que tinha previsto e conseguido evitar para a sua filha até então, nunca tinha imaginado uma possibilidade como aquela. O que a desesperava era que a menina estivesse ali com ela.

– Pode me chamar de Sergio.

– Eu suplico, deixe a gente ir e tudo fica em paz. Não vou denunciar o senhor.

– Acha que eu nasci ontem? Se eu soltá-la antes que se apaixone por mim, a senhora vai e me atira para os cachorros da polícia, minha pele inteira. Que esperta se revelou. Não percebe que eu devo ser uns vinte anos mais velho do que a senhora? Qual é a sua idade?

– Que importância isso tem?

– Eu tenho sessenta e dois. Consegue entender o que significa não ter constituído uma família na minha idade?

– Tente formá-la de outro jeito! – ela gritou de novo, fora de si, e abaixou o tom: cada vez que erguia a voz, Camila se mexia no sofá – Estou muito cansada.

– Durma. Solto os seus pés e a senhora se deita ao lado da menina. Não se preocupe, que não quero levá-la para a minha cama, sou um cavalheiro. Não tenho a senhora aqui para isso, senão eu já teria... a senhora entende. Não me interessa, de qualquer modo, isso vem depois, com o amor – parou por alguns segundos, durante os quais olhou entristecido para uma mancha de umidade no teto. Tinha a forma perfeita de um trevo de quatro folhas, ainda que também pudesse ser uma pipa com rabo curto. – Um trevo – mostrou a mancha com a cabeça. – Bom sinal. Fico esperançoso.

– Esperançoso com o quê? – ela acompanhou com desconfiança o rastro do trevo no teto, mas, como tudo o que ele dizia, lhe pareceu uma estupidez.

– De que tudo dê certo. Sei que a senhora não, mas eu acredito em mim, acredito que isso vai terminar da melhor maneira – baixou os olhos. – Quando me deram a viagem, acredite... Não pensei no que podia acontecer, era apenas uma viagem. Imagine. Faz vinte anos que eu dirijo táxi. Também não estava procurando uma mulher por aí. Absolutamente, não sou desse tipo. Aconteceu. Vi vocês duas sentadas atrás: retrato de família, soube que eram para mim.

Precisavam viajar naquela tarde para Santo Antonio de Areco para visitar o tio José: tinha poucos dias de vida e queria vê-las. Ana ligou para a central de táxi de confiança e pediu que passassem o preço para uma viagem mais longa. O responsável ia mandar um motorista de Carmen de Areco que estava trabalhando para eles. Quando o taxista apertou a campainha, elas desceram cheias de coisas e se acomodaram no banco de trás. Sentado ao volante, se certificou se estavam com os cintos, as portas fechadas e o ar-condicionado em boa temperatura. O rádio tocava música clássica. Ana tirou da bolsa os livros, giz de cera e até um DVD portátil com filmes infantis, mas a filha se distraiu brincando de o que é o que é com o motorista durante boa parte do caminho.

O homem deu o primeiro sinal:

– A senhora me desculpe, mas acabo de tomar uma decisão – avisou enquanto dava luz alta para um cachorro que, por um instante, tinha atravessado a pista. – A senhora vai entender quando eu lhe explicar na minha casa.

Ela demorou alguns segundos para reagir, olhou para fora, voltou a olhar para ele:

– Como assim na sua casa? – perguntou, sentindo alguma coisa parecida à taquicardia, a garganta fechada, pela primeira vez a água se mexendo dentro do seu cérebro. Institivamente, colocou a mão na bolsa para procurar o celular. Podia mandar uma mensagem de texto.

– Não procure seu telefone, o tirei da sua bolsa enquanto a senhora dormia. Não quero que reaja, faça o que eu mandar e tudo vai dar certo.

A pior impressão foi o rosto de Camila: tinha parado de brincar e a observava atenta. Não entendia muito bem o que estava acontecendo, mas notou a voz do homem subitamente ameaçadora, a expressão de pavor nos olhos da mãe. Quando o carro se desviou do caminho e entrou em uma estrada de terra, sacolejando, Ana viu a imagem de sua cabeça como um aquário em movimento. A taquicardia aumentava e ocupava todo o seu corpo.

Pararam em frente a uma casa – simples, de dois andares, com telhado de duas águas –, escondida atrás de um bosque. Em volta, um campo deserto. O homem abriu a porta e fez elas descerem. Ana procurava, desesperada, por alguma coisa, por qualquer detalhe – uma casa vizinha, um carro – que pudesse ajudá-las. Não distinguiu nada além de uma luz que piscava em um poste, que se mexia com o vento e iluminava, de tanto em tanto, duas corujas nos dois lados da rua. Achou as corujas bonitas e sinistras, duas sentinelas de pedra. No ar, se escutavam uns ruídos, que reconheceu como sendo os de morcegos.

– São grilos, mamãe? – perguntou Camila.

– Não, deve ser outra coisa – respondeu distraída.

– Que coisa? – insistiu e, como Ana não respondia, ocupada em procurar uma maneira de escapar, começou a repetir – O que é, mamãe? O que é, mamãe? Tô apurada...

– Faça com que ela fique quieta, senhora.

– Quieta, Camila, já vai. Já vamos entrar e você vai ao banheiro, aguente um pouco.

O motorista as fez entrar com toda a bagagem e preparou um jantar que somente a menina aceitou. Mãe e filha dormiram no sofá da sala, no andar debaixo, ainda que o homem tivesse oferecido insistentemente a cama no andar de cima.

Foi mais fácil do que imaginava: subir e descer as escadas sem que o homem a escutasse. Dez dias na casa tinham sido tempo suficiente para ver como ele fazia, como pisava na ponta direita dos degraus, de modo que não rangessem. Era questão de encostar o corpo na parede sem perder o equilíbrio. Ana fazia de conta que dormia no sofá e o examinava cada vez que ele ia e vinha do seu quarto tentando não as acordar. Foi assim que conseguiu pegar as chaves da calça que o homem tinha jogado no chão antes de se deitar. Tinham tomado vinho, que Ana aceitou premeditadamente: tratou de encher o copo dele várias vezes. O sono pesado do homem na cama, caído como um animal marinho na beira da praia, impediu que sentisse a mulher se aproximando ao lado da sua cama, o barulho das chaves que ela conseguiu controlar fechando-as em seu punho úmido, a luta com o cadeado muito grande para a sua mão, o barulho da porta que quis fechar para evitar que o vento a batesse, se ficasse aberta. Trancou o cadeado do lado de fora e jogou a chave no mato.

Foi difícil correr com Camila no colo durante quinhentos ou seiscentos metros em uma noite escura. O peso da filha que dormia. As botas grudando no barro feito chiclete. As seis quadras de terra, um inferno de sombras. Com esquilos que atravessavam o caminho de repente e desapareciam no nada. E a região das corujas pétreas, vigilantes, onde vacilou em passar. Em volta, pasto e arame farpado. Pegou impulso, apertou Camila contra o corpo e atravessou quase correndo a faixa vigiada, com os olhos fechados, como se tivesse se lançado ao vazio. As corujas olharam para ela, mas não a atacaram. Nem se mexeram. A filha despertou durante alguns segundos, murmurou umas palavras; sem parar de caminhar, dando tapinhas nas costas da menina, Ana conseguiu que ela dormisse de novo. Odiou o silêncio intenso, envolvente, rompido por latidos distantes e o chiado dos grilos ou dos morcegos riscando o ar gelado do campo com o orvalho. À medida que avançava, olhava por cima do ombro: as árvores cobriam a casa, cada vez mais distante, e ninguém a seguia. Finalmente, a estrada, o alívio e, à direita, a uns duzentos metros, as luzes amareladas do posto de gasolina que ela lembrava da viagem de ida. Ali deveria encontrar alguém.

— Posso lhe oferecer outro café?

— Não, obrigada — respondeu Ana, com a voz cansada. — Sabe me dizer quando é a minha vez?

O policial olhou para o relógio:

— Estão tomando um depoimento e logo tem a testemunha de um outro caso. Depois disso, seria a senhora.

Uma hora e meia ou mais. Pensou em Camila segura outra vez na sua cama, sendo cuidada pela avó. Estava demorando para conseguir se livrar do frio da madrugada. A sensação de medo a ponto de estourar dentro do corpo. Não sentia um único músculo vivo. A água de dentro da cabeça abaixava, perdia forças com o cansaço.

Um desânimo parecido a invadiu nos dias de febre, pouco depois de que Sergio as prendesse. Na terceira tarde, quando ele voltou do povoado, com aquele ar de satisfação e as sacolas com compras, revistas para Ana e uma caixa com furos que entregou cerimoniosamente para Camila. O brilho nos seus gestos, sua alegria genuína quando a menina abriu o pacote. Apesar da irritação que lhe causavam as birras de Camila, era possível notar que fazia de tudo para que gostassem dele.

– Erva-doce.

– Esse é o nome que você quer dar?

– Sim, porque é coelha e menina.

– Gostei.

– Brigada, brigada! – repetiu Camila, fazendo malabarismos para segurar o animal, que tentava escorregar pelos seus braços.

– De nada – ele disse, e começaram a brincar com a coelha depois de Ana perguntar se não tinha pulgas, se estava limpa e vacinada, se não mordia ou arranhava, se sua urina ou hálito não causavam infecções.

– Nem traumatismo, nem peste bubônica, cegueira repentina ou paralisia facial. É um coelho saudável – Sergio respondeu a todas as perguntas enquanto, agachado, organizava um espaço para a coelha no canto da parede, com serragem, um prato de água e pedacinhos de cenoura. Camila queria vê-la comer, dar comida para ela e, na hora do jantar, Ana teve que proibi-la de levar o prato para se alimentar ao lado do bicho.

Achou que ia conquistá-las com qualquer bobagem?!, se enfureceu mais tarde na cozinha, enquanto tiravam os pratos e Camila via televisão. Revistas, chocolates, um animal de estimação! O que mais, hein, o que mais? Com que direito, seu filho da puta? Filha da grandíssima puta!, gritou, avançando contra ele, rangendo os dentes, com os punhos erguidos, exausta, completamente exausta de toda aquela situação disparatada. O homem a conteve segurando o seu antebraço. Se olharam, a segurou ainda por um tempo, muito perto. A soltou. Ela se trancou no banheiro para chorar.

Naquela noite teve febre. Não quis se afastar de Camila, ainda que pudesse contagiá-la. Sergio colocou toalhas úmidas, preparou chás, foi comprar analgésicos. Só saiu do seu lado para isso. Estava preocupado.

Um policial lhe alcançou o telefone, era sua mãe. Camila dormia desde o momento em que outro policial levou as duas até a viatura, Ana tinha acomodado a menina e, depois de tranquilizar a mãe, subiu no carro que a levou para fazer a denúncia. Ainda não a tinha feito, respondeu, mas estava bem. Com a bolsa, fez um travesseiro no banco duro da delegacia, se enrolou melhor no seu comprido casaco de lã e se acomodou do jeito que deu.

Nos quatro dias em que esteve doente na casa, Sergio tinha cuidado de Camila sem que Ana deixasse de vigiá-los, meio dormindo, meio acordada, observando o que eles faziam, o que viam na tevê, o que ele dava de comer para a sua filha. Ela experimentava a comida antes, mesmo que não tivesse fome. Apesar de tudo, parecia realmente que as intenções do homem eram boas, como ele jurava cada vez que discutiam. Mas aquilo era um sequestro, privação de liberdade, um ato de lesa-humanidade, o acusava tentando atacá-lo com alguma coisa. Desmotivá-lo. Fazê-lo desistir. Não tinha conversa entre os dois que não voltasse para o mesmo assunto: Ana suplicava que ele as soltasse, e Sergio pedia que convivessem por um pouco mais de tempo.

Encolheu as pernas para mais perto do peito para caber no banco. Depois teria tempo para explicar a Camila por que tinham escapado de Sergio. Se ele cozinhava, contava piadas, comprava coisas, cantava bem... Além disso, fazia com que elas escutassem tangos no rádio e os ensinava para Camila, que não conseguia falar nenhuma palavra em "Cambalache". Perguntava o que era século, o que era febril, o que era estafador. E meliante? Ana sorriu.

– Assim não dá para cantar nada – Sergio brincou, ao levantá-la pelos cotovelos e fazê-la girar feito um helicóptero. – Se a senhorita não para de perguntar o que é isso e o que é aquilo, é impossível sentir a música com a alma. E o tango é alma pura!

– A-za-ga-che?

– Cam-ba-la-che – ele soletrou, enquanto a ajudava a ficar de pé sem cair, estava tonta por causa do voo. – Corre, corre que o touro te pega!, meu avô catalão dizia. É melhor você correr porque eu vou te pegar!

– Teu avô cata o quê?

– Catalão, puto catalão – repetiu, mostrando a língua, com a ponta do polegar no nariz.

– Puto, ele disse puto, mãe! Sergio falou um palavrão.

Ana levantou a cabeça: dois policiais entravam arrastando um jovem cheio de correntes, piercings, tatuagens e o cabelo parecendo uma crista de galo. Arrastava os pés desenganado, um policial o empurrou e ele quase caiu. Daquela vez, tinha levantado os olhos do livro que Sergio tinha lhe emprestado – um romance despretensioso, para se distrair –, olhou como eles corriam em círculos pela sala e quase chegou a sorrir, tentada pelas risadas de Camila. Conseguiu se conter. Chamaram para que ela brincasse junto e ela não quis, como em todos os dias que estiveram lá. Só permitiu que Camila ficasse mais relaxada para que o confinamento fosse mais suportável.

Ana recebeu autorização para ligar para o seu tio e se despedir. Desligou sem explicar por que não tinham conseguido chegar ao hospital. Sergio a controlava. Quando devolveu o telefone, ele colocou uma mão compassiva no seu ombro, mas ela a afastou com repulsa.

– Senhora, em quinze minutos será a sua vez.

– Vou ao banheiro.

Se ajeitando devagar, desamassou a roupa. No espelho do banheiro, se viu abatida, envelhecida. Imaginou Sergio no momento em que a polícia chegava com megafones e, quem sabe, com golpes. Teriam que romper o cadeado. Podiam maltratá-lo como ao rapaz que tinha acabado de entrar. Inclusive pior. Concentrada no seu reflexo, negou com a cabeça. Viu a figura do homem entre as silhuetas da noite movimentadas pelo vento entre os galhos das árvores. A desilusão quando olhasse à sua volta e não as encontrasse. Pintado pela luz azul da sirene, Ana pensou que ele fosse uma outra pessoa. Agora dependia do que ela falasse.

Caminhou rápido pelo corredor e pelas salas da delegacia, segurando a sua bolsa, implorando que ninguém perguntasse para onde ia tão apressada. Quando estava chegando à porta da rua, diminuiu o ritmo, ficou parada, indecisa. Olhou a hora no relógio que estava na parede. Iam chamá-la, ainda estava a tempo de voltar. De sair, de ficar.

Dentro da sua cabeça, a água secava.

Algumas famílias normais

Desejarás famílias normais

É questão de tempo e pontaria, Fabián pensa, enquanto fecha um olho e depois o outro para colocá-los, cada um de uma vez, no buraco da cortina. Fazer com que eles coincidam com a luz quando entra pelo tecido, ir somando acertos. O mau estado do poste aumenta o desafio: o foco pisca, apaga, pisca de novo. Está lá desde sempre, quase como um amigo, uma testemunha das suas perambulações noturnas do outro lado da janela.

O olho-buraco-luz é um dos seus inventos para vencer a insônia sem fazer barulho e não acordar ninguém da casa. Principalmente Félix, que dorme grudado nele, entre as suas costas e o encosto do sofá-cama da sala, meio sentado, com aquele som de ronco ou de um motor em funcionamento.

Hoje parece ser uma das tantas noites de insônia. Fabián conta tipos de répteis, carrinhos de coleção, colegas de escola, jogadores de futebol. Espera conseguir dormir, mas tem dificuldade. Tem o sono picado pelo costume de estar atento. De colocar os dedos na boca do irmão quando ela se enche de saliva e ele se afoga. Ou começa a se agitar porque quer fazer xixi e, se Fabián não percebe a tempo, faz na cama.

Fabián acaba de fazer quinze anos, há dez é o responsável por essa missão. Aprendeu quando era pequeno, quando Félix ainda era um bebê. Um bebê diferente, lhe explicaram alguns meses depois que nasceu, enquanto ainda dormia no moisés no quarto dos pais e Fabián se aproximava para espiá-lo e tentar descobrir por que não era parecido com ninguém. Ainda que não estivesse presente quando os médicos falaram, chegaram até ele frases entrecortadas dos adultos. Seguindo o fio do telefone que serpenteava pelo corredor e desaparecia atrás de uma porta encostada, escutava sua mãe conversando, encolhida na escuridão, com a voz asfixiada pela fumaça do cigarro no reduzido espaço do banheiro. Certamente falava com a sua irmã que morava em outro país, ou com uma amiga médica. A cada tanto, chorava.

Seu irmão não serviria para chutar bola, nem brigaria pelo canal de tevê ou pela última bolacha do pacote, tudo aquilo que Fabián tinha imaginado quando anunciaram que ia chegar um irmãozinho. Confirmou com o tempo: também não iriam juntos para a escola. Mesmo que, no começo, tenha tentado que Félix o imitasse, não conseguiu que ele risse da avó quando ela dormia na mesa ou arrotava, nem conseguiu ensiná-lo a construir uma cidade com blocos, tudo caía rápido demais. Passava a maior parte do tempo fazendo pulseiras, moedas ou tampinhas girarem no chão, entre outras coisas inexplicáveis, como querer prender entre as mãos a penugem de um raio de sol que entrava pela janela.

A risada de Félix demorou muito para aparecer, muito. Mas um belo dia, entre os três e quatro anos, riu da risada de Fabián, que riu de emoção, porque Félix finalmente ria, e continuaram rindo até chorar. Foi um dos momentos mais marcantes. Significava uma nova etapa, um avanço. Até mesmo uma promessa e uma esperança. Correu contar para todo mundo, mas ninguém pareceu prestar atenção ou dar importância. Alguém soltou um "que bom" abafado e um uhummm.

Para comemorar o crescimento do irmão, Fabián montou uma cabana no pátio, com tijolos e lençóis velhos, onde puderam brincar ou se esconder cada vez que os pais brigavam gritando dentro de casa. Desde que a avó se mudou definitivamente para morar com eles, os meninos cederam o quarto para ela e ocuparam o sofá-cama da sala. Dormiam de mãos dadas se o barulho da ambulância, dos latidos de um cachorro ou passos desconhecidos na rua os assustassem.

Uma e meia. Vai ser muito difícil levantar cedo.

Fabián procura maneiras de chamar o sono. Se não são os barulhos do irmão, é a praga das lembranças que se soltam no meio da noite e o deixam alterado. A foto exata daquela tarde: os pais chegando do hospital com Félix, o primeiro veredito médico na bolsa e os rostos marcados de tristeza. Entregaram o bebê para a avó e se trancaram no quarto até o dia seguinte. Quando voltou a vê-los, sua mãe era outra.

Ela passou a usar um penhoar lilás em cima da roupa o dia inteiro. Combina com seu rosto pálido sem maquiagem. Deixou muito claro que só quer esse penhoar, que não lhe deem outro novo, que não a incomodem, não pensa em colocar outro, ainda que esse esteja muito velho. O lava de vez em quando antes de se deitar e o deixa secar a noite toda em cima da estufa para vesti-lo de manhã. Assim evita estragar as outras roupas, diz. Mas Fabián observa – com o passar dos anos, os fios soltos, as manchas persistentes – como o penhoar se tornou outra pele para sepultar aquele corpo que ela já não ama. Nem Félix nem ele tiveram autorização para se aproximar e sentir aquela pele postiça de sua mãe: sentar no colo, afundar a cabeça, esfregar-se nas bolinhas do tecido primeiro macias, depois cada vez mais ressecadas e duras. Ela explicava que estava com o cigarro aceso e que, se se aproximassem muito, podia queimá-los. Para encontrá-la, era preciso seguir o rastro, a marca branca ondulando no ar, sua pegada. Como esse rastro acabava no quarto dos pais fechado a chave, persianas abaixadas e cama por fazer, Fabián se responsabilizou por cuidar do irmão. No começo, via como a avó e o pai lhe davam mamadeira, trocavam e cantavam para ele.

Esse menino tem jeito para tudo, escutou o que os mais velhos comentavam. E se sentiu orgulhoso. Até que um dia quase afogou Félix na banheira e, ao olhar por cima do ombro, Fabián compreendeu que, durante esses momentos, a avó cochilava na cadeira de balanço e o pai trabalhava lá fora.

Quando o relógio marcar duas horas, vai conseguir dormir. A solidão do seu posto lhe inquieta. Sem descansos nem suplências. Quem cuidaria do irmão se ele fosse embora? Quem sabe ainda consiga ensinar para a avó como se faz. Como ficar meio acordado para ajudar Félix quando se afoga, cai ou se mija. Como é possível contar gotas do poste entre um alerta e outro. De onde é possível tirar forças para aguentar o resto do dia tendo dormido mal. Mas é muito improvável que a avó, ou qualquer outra pessoa, possa assumir essa tarefa.

Propôs várias vezes que contratassem uma enfermeira, que poderia trabalhar para pagá-la. A mãe balbuciou que intrusos, não; o pai – rindo dele com caretas – disse que o dinheiro é usado com coisas importantes: comida, roupa, remédios. Ou esse seu maldito colégio que pagam para que conviva com gente rica e pelos contatos. Todas as enfermeiras são vagabundas, definiu a avó.

Agora que consegue voltar sozinho, Fabián não quer que o pai vá buscá-lo na escola. Luta por uma independência que os outros meninos já alcançaram. Como tem tempo sobrando, o pai se instala um pouco antes da saída, perto da sua lata velha, com a barba por fazer, malvestido, muito mal dissimulado e conversa com as mães ou tira informações das empregadas.

– Contatos, Fabián, teus amigos são uma moeda, perceba – bufou na tarde anterior enquanto dirigia o caco velho impregnado com seu cheiro de perfume barato, de supermercado.

Fabián afundou o nariz e a boca no cachecol para não sentir o perfume do pai, que parecia produto de limpar chão, com cheiro artificial de pino. No escudo do blazer, leu o lema *The Sky Is the Limit* – Bridges School, bordado com fios dourados sobre o veludo verde. Ainda que os diretores de inglês expliquem todos os anos antes de começarem as aulas, ele nunca entendeu a frase. Só consegue imaginar um homem no último degrau de uma escada infinita, perdido na imensidão do céu, juntando nuvens ou estrelas em um balde.

O pai o surpreendeu com o olhar fixo no blazer, enquanto puxava nervoso os fios do escudo, quase soltando-o:

– Esse escudo é uma garantia de trabalho. Cuide bem dele.
– Fera, frequentemente fala "fera", o que deixava Fabián enojado.

Seu pai é revendedor de coisas usadas. Pelo menos é isso que mostra e pode contar; no fundo, Fabián nunca sabe ao certo qual é a profissão do pai.

– Um relações públicas experiente – sublinhou mais tarde no jantar, quando contou mais uma vez como tinha conseguido o telefone de uma mãe de outro ano que precisava de um cortador de grama para o jardim.

Ressoaram em seus ouvidos as piadas dos amigos: teu pai é sucateiro? Depois de papelões como esse, mais do que círculos de luz ou copas do mundo, durante a noite, Fabián conta famílias. Mães acordadas e ativas abraçam seus filhos na saída da escola: levo a mochila para você, quer convidar um amigo? Na sua casa, deambula o penhoar vazio – pele de q´boa, lágrimas de cebola, cabelo enrolado nos bobs –, repetindo em voz baixa que, desse jeito, não pode ser, que essa vida miserável não é justa. Também enumera pais executivos que trazem boas notícias, presentes, férias milagrosas. E ali o carroceiro armazena coisas velhas na garagem. Pertences em trânsito: máquina de cortar grama, liquidificador, vap, utensílios para churrasco, canos de zinco, vasos, calçados, cômodas ou penteadeiras, bengalas antigas, chapéus mexicanos, computadores, motos, bicicletas móveis ou fixas, qualquer coisa. Teve até carro. Só permanecem na casa enquanto passam de uma mão para outra. As pessoas lhe pagam para isso: para que aguente a desordem por eles, para que perca o tempo por eles, para que inutilize as horas que eles usam para acumular acertos. Suas férias, desde que tem memória, são na chácara do tio Pedro.

É uma questão de propósito: fugir dessa casa. De paciência e pontaria. Alvo nas famílias normais para ser um dia como eles, como os outros, diz, apertando os dentes, quase em voz alta, soltando uma flecha imaginária, de um arco imaginário, o olho esquerdo fechado e o direito aberto para mirar no buraco do tecido. A flecha atravessa o vidro e quebra o poste, que se estilhaça em cem mil pedaços. O estalido comove o bairro. A luz continua intacta.

São três horas e ainda não está seguro. Joga uni-duni-tê com o poste, o dedo indicador vai do seu peito à sentinela de ferro escuro:

"Uni-duni-tê, salame minguê, o sorvete colorê, o escolhido foi você...". Se o você cai em Fabián, tem que pegar o ônibus; se cai no poste, fica como está, ir para a escola todos os dias de manhã, cuidar de Félix à noite. Cada um ganha uma vez: uma vez o poste, outra Fabián, e o desempate a favor da viagem de quinze horas de ônibus até Cipolletti para bater na campainha de Marcelo. O filho do tio Pedro disse da última vez o que você precisar, cara, sabe que pode contar comigo, nem que seja para passar uma temporadinha e sair desse ambiente tóxico. Tóxico, usou essa palavra. A definição no dicionário escolar Larousse não ficou tão clara para Fabián, mas fez com que pensasse na fumaça que preenche a sala de jantar até lhe tirar o apetite, o corpo com duas cabeças que ele e o irmão formavam, o bolso bordado do blazer. O céu é o limite, era o que diziam: se lançar aos desejos, inclusive aos impossíveis, arriscar tudo ou nada.

Primeiro até Cipolletti e depois ele veria. Marcelo trabalha no campo, lhe contou que lá aceitam meninos para colher maçãs ou peras, e criar ovelhas. Pagam pouco, mas se você se sai bem, como é jovem, tem tempo de crescer, te dão mais responsabilidades. São todos caras que quiseram sair de casa, tem um clima comunitário, colaborativo. O primo contou isso no pátio, entre um mate e outro; passou para dar oi para os meninos e para a avó quando soube que o pai de Fabián estaria algumas horas na rua. Olhava o tempo todo para o relógio, saiu apressado antes de que o pai chegasse.

Mais tarde, escutou como o pai xingava a avó por ter aberto a porta para aquele imbecil, vagabundo de merda, filho da puta. Foi possível escutar o ssshhhh da mãe vindo do quarto. Proxeneta, disse ainda, e maconheiro. Não fazia ideia do que era proxeneta, mas certamente o pai exagerava. O pai perguntou o que tinha falado com o primo. De futebol. O Barça comprou o burro do Parisi por milhões e deixou o time perneta, ele respondeu. E o que mais? Nada. Só isso.

Primeiro o sul e depois ele veria. Copiou o telefone de Marcelo da agenda da avó, não era possível ler o endereço, porque estava riscado. Quando chegasse na cidade, ligaria de um telefone público ou perguntaria para os vizinhos onde fica a casa. É quase uma vila, todo mundo se conhece, falou o primo, mas também contou que estava com vontade de se mudar para uma cidade vizinha.

– Você vem e tem cama, rango grátis.

Começar por uma fuga entre o segredo e a madrugada. Faz anos que planeja. Mas sempre volta atrás porque sabe que ali, naquele sofá da sala, outras costas não servirão de apoio para Félix e ele cairá sozinho. Agora sim, já comprou a passagem. O ônibus sai às seis.

Faz algum tempo que Félix dorme melhor. O médico Roldán garantiu que está em condições de descansar sozinho, certamente vai acordar com qualquer incômodo, é improvável que tenha convulsões graves ou refluxos como os de antes. Fabián respirou.

– Pode regredir? – a avó consultou.

– Nesses quadros, sim, pode reincidir.

Inquieto, Fabián perguntou à noite o que eram regressões.

– O de costume – respondeu o pai.

A fumaça da mãe passou pelo corredor, entrou pela lavanderia e penetrou nas roupas penduradas. Ficarão impregnadas com esse cheiro, pensou Fabián, o cheiro de cinzas que o acompanha por todos os lugares. Como Félix.

Enquanto a mãe lavava a louça e Fabián secava, imaginou como seria estar tão longe algumas horas depois. Se viu tosquiando ovelhas, montando em cavalos e tomando mate em uma roda de homens fortes, curtidos pelo sol e pela vida saudável do campo. Olhou para a mãe, que estava ao lado e segurava vários talheres embaixo da água com sabão, um cigarro pendurado em sua boca, tinha colocado a touca de banho transparente para segurar o cabelo. Era possível que não voltasse a ver a sua família durante um bom tempo. Já estava com a mochila arrumada, escondida perto da porta. Naquela madrugada, olhando para trás, veria a silhuetas de todos eles esculpidas sob a luz enferma da rua, contra os muros da casa. Igual as bonequinhas de papel recortadas com tesoura, simétricas, de braços dados. Acorrentadas. Sentiu o impulso de abraçá-la. Colocou o pano e o prato com cuidado em cima da mesa, se inclinou na direção do corpo consumido de sua mãe, ela se afastou:

– Continue secando, porque é tarde, quero dormir de uma vez.

Ainda insone, indeciso, na ponta do sofá, Fabián não pode evitar de pensar que também abandona o poste, oxidado, lúgubre, fiel na prática das suas piscadas, como aquela maneira lânguida de subsistir, sempre a ponto de se extinguir e, no entanto, inteira. O uni-duni-tê determinou a escapada, mas o relógio marcou cinco horas e ele ainda não decidiu.

O ônibus saiu no horário. O número da plataforma coincidia com o de sua passagem e, no painel do ônibus, grudado no vidro, aparecia Cipolletti entre os destinos do percurso. Fabián o viu quando se afastava devagar da estação. Um guarda, que deve ter visto o ar de decepção no seu rosto, lhe disse *vai, garoto, anda que você alcança,* ao mesmo tempo que apitou para que o ônibus parasse. Fabián correu com a mochila batendo nas costas, com a boca seca. Nem sequer tinha conseguido escovar os dentes antes de sair de casa, porque vacilou até o último minuto, até que a fumaça da mãe e o som das pantufas arrastadas no banheiro, às cinco e quinze, o empurraram para fora. Antes disso, deu um beijo na testa de Félix e, sussurrando, disse que não o abandonava, que voltaria para buscá-lo: vamos ser livres, irmão, você vai ver.

Viu o ônibus se afastar, sem fôlego. Teve a impressão de que um menino idêntico a ele acomodava as coisas na parte de cima das últimas filas. Alto, magro, com uma franja caindo na testa, os ombros curvados em uma camiseta preta desbotada e um pouco pequena dos Rolling Stones, igual à dele. Foi exatamente quando o guarda, com a voz idêntica à do seu pai, gritou e ele começou a correr com o olhar fixo naquele menino, alguém como ele, mas sem sua angústia, que conseguiu alcançar o ônibus e subir. O apito soou como a respiração sibilante de Félix, Fabián tentou dizer alguma coisa várias vezes, mas não conseguiu.

Você colherá famílias normais

Não se lembra bem se foi o ronco do irmão ou a sacudida que o pai deu no seu ombro, alguma coisa imprecisa o acordou quando já era tarde para pegar o ônibus e também para chegar na hora na escola. A voz áspera do pai lhe disse *vai, garoto, corre que já é tarde, o que você está fazendo dormindo?, se mexe.* Foi assim que aconteceu, vinte anos atrás, calcula Fabián com o olho esquerdo bem fechado e o outro – o olho dominante – aberto, o braço tenso para frente, para manter o pulso firme, fazer com que a bala perfure o alvo bem no centro. Questão de paciência e pontaria. Somar acertos.

Na sua formatura de ensino médio, estiveram o pai, Félix e a avó, para vê-lo carregar a bandeira. De cima do palco, um pouco coberto pela bandeira, Fabián podia ler os gestos do pai no rosto inchado de sangue e agitação, quem sabe dizendo alguma coisa como muito obrigado, esse filho de ouro é um orgulho, a vida me recompensou, aos pais que se sentavam à sua volta e batiam no seu ombro. A avó secava os olhos, emocionada, na terceira fila. Félix aplaudia na parte explosiva do hino, quando todo mundo subia e quebrava a voz solenemente em *"oh, juremos con gloria morir".*

Assim que desceu do palco e arriou a bandeira, se apresentou na concessionária para conseguir um trabalho. Em período de experiência durante os três meses de verão, advertiu o amigo do pai. Mas se mostrasse comprometimento, fosse pontual e respeitoso, etecétera, podia se tornar um empregado júnior da firma, meio período, porque logicamente esperavam que ele começasse a faculdade. Não pensava em estudar, sequer havia considerado, mas respondeu a tudo que sim, porque queria o salário, que, se economizasse, permitiria que saísse de casa. O que não levou em consideração era que a casa consumiria o seu salário e isso o obrigaria a permanecer mais vários anos nela.

A bala perfura o papelão entre a segunda e a terceira linha circular, a vários centímetros do alvo. Ocupado com outro aluno, o instrutor faz sinal para que ele não se preocupe e continue.

Controla bem o calibre .38, mas, se está nervoso, erra. Olho-buraco-luz, olho-buraco-luz, olho-buraco... Uma bala desse tipo foi a que atravessou o peito de Marcelo em Neuquén pouco depois que ele tinha pensado em visitá-lo. Um tiro preciso o mandou para o outro lado. Os jornais falaram de um tiroteio em uma chácara, onde um grupo de pederastas, que revendia droga, recrutava meninos com a desculpa de colher maçãs e criar ovelhas. Disseram que a cifra de adolescentes e menores sequestrados era superior a dezessete no momento da batida. Tudo lhe pareceu muito confuso, mas entendeu que o primo estava envolvido em alguma coisa estranha quando o tio Pedro entrou chorando e se trancou com o pai na cozinha, o rosto desfigurado e o passo cambaleante, cheirando a umidade ou a vinho.

Carrega mais uma vez o revólver e se concentra naquele olho hipnótico, o olho de mil voltas, o objetivo. Recuperar Marina e, com ela, seus filhos, morarem todos juntos como uma família normal. Voltar para o apartamento que finalmente conseguiu comprar quando começou a se sair bem e ascendeu postos na concessionária. Ainda que nunca tenha estudado, quase sem perceber, se tornou *júnior, sênior*, gerente, diretor. Foi subindo como a figurinha do homem escalando que imaginava na frase do blazer. Quando percebeu que a filha do dono da empresa dava bola para ele e dois anos depois ficaram noivos, acreditou que não era uma metáfora tocar as nuvens com as mãos, existia um estado assim. A bala deixa uma íris marcada no centro. O preto do preto.

Na primeira fila do lado esquerdo, onde indicaram que deveriam se sentar os parentes do noivo, estavam Félix e o pai, com a roupa amassada e aquele perfume inconfundível que Fabián conseguia sentir do altar. Com o dinheiro do seu salário, tinha comprado uma camisa para o pai, uma gravata para Félix, sapatos para a mãe. Não tinha comprado nada para a avó, porque já estava doente e sabiam que não estaria presente naquela data; a enterraram duas semanas antes. No dia do casamento religioso, a mãe preferiu ficar em casa, porque a morte de sua própria mãe tinha lhe causado uma angústia intensa que a impedia de se levantar da cama, não estava disposta para festas.

Três de cada cinco tardes, Fabián treina duas horas no clube de tiro, por hobby. Decidiu experimentar quando começaram a desconfiar dele na concessionária, as pressões aumentaram e um amigo insistiu:

– Você atira em um papelão, descarrega, diminuiu a tensão, volta novo.

Marina, ao contrário, ficou enfurecida:

– Você está louco, Fabián, é só o que faltava. Para isso, melhor fazer yoga.

Mas ele não a escutou, como também não o tinha feito quando planejaram a lua de mel: levar Félix com eles ou não fazer a viagem. Ainda que Fabián tivesse condições de pagar uma pessoa para cuidar dele, foi incapaz de deixar o irmão nas mãos de qualquer um. Marina resistiu, fez contrapropostas, aceitou, resignada. E lá estava Félix na praia: brincando entre as ondas com Fabián, tomando sol com a cunhada, comendo dezenas de milhos, besuntado de areia. Félix sentado entre os dois em um jantar à luz de velas. Apostando com seu irmão nas corridas. Voltando da viagem, continuou saindo com eles e com os amigos nos finais de semana, ou lhes esperava na sala vendo televisão. Atendia o telefone. Aparecia como diretor de uma sociedade fantasma, para baixo de cujo tapete Fabián varreu todas as propriedades e bens pessoais que não podia declarar no seu nome. Félix abraçando o ventre volumoso de Marina. Félix e o pai com os rostos grudados no vidro da maternidade para tentar entender quais, entre todos os bebês que gritavam e esperneavam, eram "seus" gêmeos. Félix olhando como Fabián lhes dava banho e trocava as fraldas. Depois, imitando--o, a ponto de afogá-los. Félix ocupou o quarto que, segundo Marina, deveria ser para os filhos, porque Fabián ficava mais tranquilo se o irmão estivesse perto para poder cuidar dele. Os filhos, Damián e Daniel, no quarto de empregada.

Depois de concluir o curso de arma curta para entrar no Tiro Federal, se aventurou com as armas longas. Experimentou carabina e fuzil em cinquenta, cento e cinquenta e trezentos metros, mas preferiu o revólver e a pistola, se sentia mais confortável. É verdade que alivia e revigora a alma.

Sua mãe não conheceu os gêmeos, nem sequer pareceu entender que chegariam, quando lhe mostraram a barriga de Marina e Fabián levantou os dedos em vê, exultante, para indicar que eram dois. No entanto, alguma coisa ela entendeu, porque, no último dia, antes de morrer, apontou para o ventre da nora e, entre os lábios ressecados, exalou um "cuidado com o idiota". Se despediu apenas do marido, em um momento de rara lucidez; olhou para os filhos e perguntou quem eram aquelas duas pessoas.

O instrutor circula fazendo a verificação: depois de examinar o alvo e o histórico na ficha de Fabián, confirma que, se ele quiser, na próxima aula vão atirar com um .45. Ele, distraído, concorda, e volta ao seu lugar de tiro. Olho-buraco-luz, olho-buraco... Olho dominante bem aberto, pulso firme... fogo.

Os gêmeos começaram a andar se agarrando nos móveis, e a família se preparava para comemorar o primeiro aniversário deles quando Fabián cometeu um descuido. Entregou para o sogro uma pasta que era para o pai, com toda a informação confidencial roubada sistematicamente da empresa durante o último semestre. A que Fabián costumava pegar e usar para os negócios pessoais que levava por fora com o pai, nas ocupações ocultas que terminaram compartilhando. O juiz determinou demissão sem indenização por quase duas décadas de serviço na empresa e o embargo de todos os seus bens. Felizmente, as propriedades e a caminhonete não estavam no seu nome, mas ficaram para Marina, e o pai dela aceitou não continuar com o processo pelo carinho que nutriu pelo genro durante tanto tempo.

O pai nunca perdoou o deslize. Uma bala atrás da outra, o barulho da velocidade cortando o ar como um tecido. Essa mesma bala poderia atravessar a cara de quem se atreveu a dizer achei que só um dos meus filhos era retardado. Poderia apagar para sempre a voz que lançou essa frase com o mesmo, exato, tom com que outras vezes tinha dito teus amigos são uma moeda e eu vou fazer que você se dê bem.

Naquela tarde, carregando a sentença e a frase nas costas, Fabián tocou a campainha do seu apartamento, porque a chave não abria. Com um dos gêmeos nos braços e o outro puxando a sua roupa, Marina colocou no chão duas malas cheias com suas coisas e fechou a porta sem dizer nada. Achei que só um dos meus filhos era retardado, cuidado com o idiota. Três tiros a uma distância de cinquenta metros, um atrás do outro, deformam o alvo; o professor se oferece para trocar o papelão, mas Fabián responde que não, obrigado, faz duas horas e meia que está ali e precisa voltar para casa.

Lá fora, o céu parece de cartão-postal, em uma gama que vai do celeste ao violeta e do rosa ao alaranjado, exatamente onde o sol se pôs há pouco tempo. Fabián sente o impulso de caminhar. Com a mochila no ombro, atravessa lentamente o edifício de proporções napoleônicas do Tiro Federal. Os corredores descomunais vazios, com azulejos amarelos descoloridos, piso de mármore e alguns poucos móveis antigos deixados pelos cantos, lhe causam uma solidão devastadora. A primeira vez que visitou o lugar, uma sensação opressiva – o triste cheiro das coisas limpas sem serem habitadas – o encurralou na infância, como se o tempo se contraísse. Por alguns segundos, quis sair correndo, logo foi se acostumando. Dentro de uma cúpula de vidro, a virgem com uma rígida túnica azul parece velar pelas vitrines com armas, caixas de munições de outras épocas e troféus em exibição. Nas quadras do parque, oito homens uniformizados de branco jogam tênis, e outros conversam, com um copo na mão, perto das mesas sob o toldo do bar. A perfeição do quadro é emoldurada por uma exuberante hera bem cuidada que dá uma aparência inglesa para o clube.

Depois do desastre, aceitou trabalhar para o pai como vendedor de coisas velhas. Herdou o vai e vem de objetos. A circulação de cargas e descargas da caminhonete até a garagem e da garagem à caminhonete, de um escritório para uma casa, de um depósito a uma fazenda. Caravanas de objetos em cessão. Às vezes burro, às vezes carga, atividade portuária. Ex-colegas de colégio, executivos, amigos dos amigos, contatos. Relações práticas. Trânsitos, destinos, entregas. Paciência de penitente. Ainda bem que está treinado. Seu pai afirma que um dia vai ensinar os netos para que deem continuidade à empresa com o sangue e o sobrenome.

Desde o primeiro andar do seu apartamento alugado, Fabián vigia a casa da sua infância, na calçada da frente, onde Félix voltou a morar com o pai. Quando tentou levar o irmão para o apartamento novo com ele, para sua surpresa, os dois reclamaram. Pelas desculpas esfarrapadas de um e pelo olhar suplicante do outro, entendeu que se faziam companhia e estavam bem juntos. O convidaram para que fosse morar com eles. Fabián agradeceu, preferia continuar morando de aluguel, porque, em um território próprio – arrumado, limpo –, seria mais fácil resolver a situação com Marina. Ainda que comece a reconhecer que é uma meta difícil de alcançar e que as possibilidades de que sua mulher o aceite são remotas.

A escuridão foi se afundando sobre os tetos e as árvores até quase fazê-los desaparecer na sombra. Na casinha da frente, mal pintada, marcada pelas linhas oxidadas que caem da varanda, primeiro se iluminou o quarto principal, depois a sala, onde seu irmão descansa. Tentaram de todas as formas fazê-lo se mudar para o quarto que tinha sido da avó, mas não teve jeito. Félix escolhe o sofá com janela para a rua para todas as noites poder se despedir com sinais de seu irmão mais velho, firme vigilante ao lado do poste. Coloca seu rosto redondo no buraco já bastante esgarçado do tecido e o cumprimenta. Da varanda, Fabián levanta a mão em sinal de resposta.

Um por um, os postes da rua também se acenderam e, como em um passe de mágica, Fabián teve a impressão de ver as sombras das bonecas de papel de braços dados contra os muros da sua casa. Outra vez acorrentadas.

Literatura

Coisa estranha, acordei fazendo listas. Ainda na cama, com a persiana entreaberta e uma faixa de sol sobre o lençol, listo mentalmente mensagens sem resposta, tarefas do trabalho que ficaram pendentes desde sexta-feira, possíveis almoços para esta semana. Atividades que poderia compartilhar com J para tentar diminuir a apatia para a qual foi sendo empurrada pela puberdade e pelo confinamento por causa da pandemia, um desastre total.

Listo livros que me comprometi a resenhar e traduzir nos próximos meses, ainda que não tenha a mínima vontade de ler e escrever. Melhor dizendo, morro de vontade, mas não consigo. Uma parte das horas passo anestesiada com a falta de entusiasmo: cansaço chama cansaço, a inatividade estanca o que parecia energia, e a maior parte do tempo é engolida pelas listas das listas sem cumprir.

O cotidiano, antes vivido pelos pulmões de um coro, agora é uma maternidade *a capella*, sem o alívio da escola, das professoras, das amigas, das avós.

Listo os supermercados que ficam longe para poder caminhar, a única liberdade permitida desde que começou o isolamento; *liberdade* amarrada por códigos e silícios, um poema. Saio com a sacola vazia pendurada e uma lista de mantimentos no bolso: necessários e não necessários, para justificar a fuga. P me olha, intrigado: *vai sair outra vez para fazer compras? Não quer que eu vá?* Respondo *Não* ou *Eu preciso*.

Caminhar e fantasiar, para mim, são sinônimos, ou caminhar e escrever. Escrevo muito em movimento, no ar, você disse que com você também é assim.

São tantas as bobagens que eu penso em te contar: se amontoam e me obrigam a caminhar devagar para organizá-las, fazer com que fiquem quietas. Sei que depois vou me esquecer delas e que vamos falar de qualquer outra coisa banal.

~

Banal: você e eu faz – conto: dezembro, janeiro, fevereiro, março, abril, maio – seis meses em um hotel no México. Naquele tempo, a peste não existia.

~

Se você se afastar, pode ser interrogada pela polícia, mantenha-se dentro do raio permitido, me adverte P. Não fico preocupada, sou boa para mentir, inventarei, na hora, algum produto que não encontro e que explica o meu desvio para uma região proibida. Para coisas desse tipo, que requerem uma cara de pau explícita, sou uma boa atriz. Meus filhos se divertem com a minha facilidade para representar papéis salvadores, me dou bem me fazendo de boba, a reação da vítima que consegue o que quer porque simula não saber, não entender, não ter percebido, sentir muito pelo erro, pedir desculpas com o genuíno arrependimento de uma carmelita descalça, sorrir quando é oportuno com a força ou a fragilidade nas doses convenientes. Detesto ensiná-los a mentir, mas tento demonstrar-lhes que é possível atuar sem se olhar no espelho dos outros. Digo para eles: *Não sejam Maria vai com as outras*. Riem até gargalhar, ainda que o confinamento tenha deteriorado as risadas.

Essa era uma faceta minha que desconhecia e que descobri com a maturidade; com essa arma empunhada, é difícil sentir medo. Aproveito esse autoconhecimento que a idade traz e, desde aqui, não sinto falta da juventude. Jamais invejaria a extrema incerteza de um jovem, o titubeio para avançar, as voltas para confiar em si mesmo, a desordem para se relacionar, as afetadas penas de amor, as enrolações. (Mas, olhe para nós, ou melhor, olhe para mim, um completo desastre, uma farsante patética).

Farsa. Obra de teatro cômica ou satírica, especialmente aquela que satiriza os aspectos ridículos e grotescos de certos comportamentos humanos.

Por isso escrevo, porque sei mentir. Ou não sei se foi o contrário: porque sei mentir bem, a literatura me atraiu.

~

Inaugurei este espaço para poder continuar o meu diálogo sem que você saiba. Escrevo nesse diário para evitar te escrever. Para não entrar fora de hora no seu território privado.

A única coisa autêntica que sei fazer, escrever em vão, escrever para ninguém, minha especialidade: falar com alguém ausente, desapercebido ou dormindo, como certamente você estará agora na tua cidade, em outro país, ao lado de C. Posso te imaginar.

Escrever

é, na verdade,

dedicar as minhas horas a apagar o que penso/sinto.

Voltar atrás.

Escrever: uma forma secreta de perder o tempo que os demais idealizam como tarefa superior. O que eu faço não se compara com o que você faz, que escreve para um público preparado, autênticos segui dores, partidários, fanáticos.

Me surpreende que a literatura, um ato e um produto tão sem sentido, seja para alguns, como para você e para mim, uma substância atraente desse jeito. Que nosso humor – conversamos sobre isso – varie cada dia conforme o êxito ou o fracasso das palavras.

Farsa: diz-se de ideias como êxito ou fracasso.

~

Outro dia, fui procurar o livro que levei para o México para apresentar, e caiu uma série de papéis de dentro dele. Adivinha o quê? A passagem de avião, a conta do hotel (só me cobraram algumas coisas que consumi do frigobar: um chocolate, duas cervejas), e o tíquete do último café com você. Não sei por que guardei, se não fui eu quem paguei.

Você quer saber uma coisa ainda mais boba? Ia jogar tudo fora, mas desisti, coloquei de volta dentro do livro. Estranho, costumo me desfazer das coisas vencidas. Foi então que percebi quantas vezes devo ter percorrido esse mesmo microitinerário gestual e mental desde que voltei de Guadalajara: vou, abro o livro, os papéis caem, penso em jogar fora, desisto, volto a colocá-los nele, você continua ali.

~

Quando consigo sair, caminho pelo bairro com o impessoal impregnado no corpo, uma espécie de resistência ou capricho. *Flaneureio* com a ideia de que, cedo ou tarde, vou poder voltar ao passado para corrigi-lo: te apagar.

Ando tão tonta que, às vezes, te confundo na rua com outros, apesar dos mil duzentos e trinta e cinco quilômetros de nuvem e da imobilidade do isolamento. É maio de 2020 aCO (ano-covid). Aqui são vinte três horas covid, e aí?

~

Cada vez que me sento na frente desse caderno, me pergunto por que te escrevo. Antes de tudo, te escrevo para ver se consigo me dar conta de quem você é para além do óbvio: um escritor que admiro há décadas; um escritor que aturde os leitores com suas estranhices; um colega que reencontro em diferentes cenários do mundo, agora pareceria que, também, um amigo?

Segundo, te escrevo para saber por que te escrevo.

Terceiro, te escrevo porque não consigo deixar de fazer isso.

~

Você é o que não é.

~

Se faço bem as contas, o maior tempo que havíamos compartilhado antes tinham sido encontros pontuais, coquetéis, congressos isolados de um ou dois dias, em diferentes lugares, rodeados de pessoas, importunados por jantares, conferências nossas e alheias, quartos em andares diferentes, saídas coletivas de ônibus, conversas involuntárias em grupo; as nossas, curtas, mas inflamadas, entrecortadas pelas interferências. Depois disso, mensagens por celular, quase sempre por assuntos de trabalho, consultas sobre editoras de nossos países ou recomendações de leituras recentes que um ou outro poderia gostar. Pretextos que iam se desenrolando, cada vez mais profusa e caoticamente, nas conversas sem fio. E te ler, claro, ler teus livros de maneira frenética: outra forma teórica de te entender. De estar perto.

Em Guadalajara, seis dias se tornaram, na minha memória, uma pirâmide maia, um monumento à eternidade. Às vezes, quando não consigo dormir nem me levantar, revejo, uma e outra vez, cada cena.

Você não esteve em nenhum café da manhã, acordava tarde e comia alguma coisa, ou nada, no teu quarto; ficava te procurando, mas acabava dividindo a mesa com gente que não me interessava; escapei de várias apresentações – ano após ano, mesa após mesa, soberanamente reiterativas – e acabamos os dois dando voltas em círculo no centro de convenções[2]: as mãos nos bolsos, as mochilas nas costas. Em quase todos os jantares, me sentei ao teu lado, numa dessas vezes, você comeu a minha sobremesa. Quan-

---

[2] Que um recinto onde as pessoas se reúnam para se vangloriarem de suas "descobertas" ou elucubrações intelectuais se chame *centro de convenções* revela que as palavras sabem mais da nossa estupidez do que nós mesmos. A língua nos conhece melhor que a mente.

do me afastei, porque me chamavam para lugares nos quais eu não queria estar, você veio me procurar. Você me salvou das más intenções desses energúmenos que acreditam que esses encontros são a oportunidade para fazer o que não fazem em casa.

O momento que gosto de recriar é o brinde de fim de feira quando terminamos levando duas taças e uma garrafa de champagne roubada para o jardim dos fundos – onde a bebemos inteira, ainda que estivesse quente, sem bolhas –, e um maço de cigarros também roubado, uma vez que os dois paramos de fumar faz muito tempo. Tirei os sapatos, nunca tinha rido daquele jeito com um desconhecido.

Mesmo que seja verdade que a literatura aproxima de uma forma peculiar. Um ser anônimo se transforma, de repente, em um amigo eterno quando a união se faz com os livros.

A última coisa foi um café, os dois sozinhos antes da viagem, uma espécie de despedida bastante incômoda, como costuma ser entre estranhos que se atraem.

~

Então, como é que aconteceu que alguém que eu apenas intuo ou adivinho possa ser o primeiro dos meus destinatários em tudo o que faço, penso e escrevo? Por que você se instalou tão aqui em cima? De onde você veio, por que apareceu, o que faz com que você fique? Como uma mosca que vive no meu pensamento, como um parasita. Um leitor in fabula das minhas divagações permanentes. Inclusive agora, quando nos separa, além de todo o resto, a cordilheira; que caminhamos mais à contramão do que nunca, que é impensável que vamos nos encontrar nos próximos meses, talvez anos, graças à benemérita peste, parece ainda mais ridículo que eu continue te considerando, que a gente insista.

~

Releio teus livros para forçar alguma relação entre você e os teus personagens, para mais além de que o autor nem sempre está nas suas criações, não é mesmo? Eu, nas minhas, não saberia. Nunca se sabe o que pensar ou dizer sobre o que se escreve, apenas acontece.

Releio os grifos que fiz nos teus livros, também relidos tantas vezes.

~

Pense assim: *te escrevo* significa que me dirijo a você, mas também *te (d)escrevo*, tento te compreender com os escassíssimos dados que reuni, que vou recolhendo das nossas mensagens intermitentes. Assim, fazemos com os personagens. Nem sequer sei se você tem um segundo nome, de que comidas gosta ou se é alérgico a algum tipo de clima, se prefere cachorro ou gato. Nunca vi como é a tua letra. É preciso escrever os personagens para conhecê-los, não tem jeito.

~

Mensagens entre pessoas destinadas a manter distância: explica-se de termos que excedem e infringem a capacidade de um dicionário.

O pior, na volta da viagem, foi que se aglutinaram estas palavras-pesadelo, Natal e Ano Novo. Compressão familiar com toda a sua magnitude.

Chegou a hora que tanto esperávamos: as crianças, abrir os presentes; eu, abrir o vinho, ainda bem que posso fazer isso muito antes da meia-noite. À meia-noite, eu só queria dormir. Fingi um enorme interesse pelas amêndoas e pelos presentes que eu mesma comprei.

Tínhamos passado a tarde terminando de fazer compras, arrumando a mesa, acomodando os embutidos e as caixas com doces artesanais que P tinha ganhado no trabalho pelas festas. Nos vestimos de maneira diferente à que nos outros dias, abrimos os pacotes num canto embaixo da arvorezinha que meu irmão mais novo e eu fizemos com nossas próprias mãos. Primeiro tomamos vinho, depois, champagne. Nessa altura, a única coisa que eu queria desesperadamente era fumar, passados quinze dias de ter compartilhado com você aqueles cigarros roubados, precisava deles de novo. Mencionei isso em uma das mensagens que nos mandamos durante esse período de ir e vir frenético, certamente idênticos em cada casa de cada cidade do mundo. Eu, meio escondida (escrever para você = fumar: não quero ser um mau exemplo para as crianças). Você respondeu que estava fumando um a cada dois dias, senti inveja.

Vamos ver se você consegue me responder isso, por que continuamos em contato – mundo paralelo à parte – enquanto as pessoas tiravam fotos, preparavam as bandejas com vitel toné e se emperiquitavam para ir comer na casa de uma tia Marta e um primo Luis qualquer? O que fazia com que você e eu, com a galáxia entre nós, continuássemos discutindo sobre as ideias de Waldo Emerson? Você tem uma explicação? Ficaria agradecida se a dividisse comigo.

Fui dormir anestesiada, mas, entre os lençóis, P e eu reencontramos o nosso núcleo. A gente faz bem, furiosamente bem isso e todo o resto. Me pergunto se você e C...

É o que eu te falei em uma mensagem de texto: *Desde que voltei de Guadalajara, não consigo me recuperar*. Você me respondeu que esperasse, que *estávamos nos moldando, o espírito viaja mais devagar que o corpo*.

Não tive coragem de te propor, mas achei que seria uma boa ideia se lêssemos o mesmo romance ao mesmo tempo, você lá e eu aqui.

~

Será culpa da literatura?

~

Literatura, em nosso caso: diz-se de um interesse genuíno pelos livros e pelas palavras, que também pode ser utilizado para desenhar estruturas não verbais.

Livros que lemos ou escrevemos: desculpa para comentar tramas que, por sua vez, se deriva em / desculpa para nos encontrarmos em um intervalo / desculpa para discutir as entrelinhas / desculpa para ir para outro lugar / desculpa para pedir conselhos técnicos e pessoais, para falar sobre nossos passados / desculpa para ir chegando, pouco a pouco, a um lugar de intimidade / desculpa para não romper o contínuo.

~

Um interlocutor, você se autodefiniu, assim você também me chamou em mais de uma ocasião:

Gosto de te ter como interlocutora.

Dessa vez, me tocou de outro jeito, apesar de estar tão próxima de P, meu muro, meu suporte. Só que, nesses últimos meses, de tantas aproximações e distanciamentos entre você e eu, me sinto como um pôster que soltou uma ou duas pontas da parede e começa a se inclinar, correndo o risco de se soltar por completo e cair, levando, com ele, um pedaço da pintura.

~

Qualquer música, no exílio, causa nostalgia.

E a quarentena é muito parecida a um exílio dentro do exílio.

~

Você é o que poderia, mas não pode ser. Você sempre foi isso. Certamente para a maioria dos teus leitores.

Assim que soube que nos encontraríamos, intui o perigo, o senti principalmente no corpo, não sei se os avisos conseguiram deixar em alerta a minha cabeça, sempre um pouco distraída, enfaticamente desnorteada naquelas (e ainda nessas presentes) circunstâncias. Deveria dizer: toda vez que a literatura anda por aí.

~

Falamos de literatura porque não podemos falar de outras coisas. É isso. A ficção é o que não pode ser dito de nenhum outro jeito.

~

Desgraça: ontem à noite, fiquei escrevendo até tarde; quando entrei no quarto, encontrei P dormindo com um livro aberto sobre a cama: o teu último livro, que trouxe de lá.

~

Escrever é a única forma de não falar. Uma mordaça.

Pelo menos isso me salva de pronunciar em voz alta a quem/o que não devo.

Sem querer, me converti em alguém que está sozinha e espera.

E que escreve para não falar.

~

Frequentemente, penso o que aconteceria se nos encontrássemos na rua por acaso, supondo que um dos dois viajasse, como outras vezes. Represento essa cena em diferentes versões. Sinto vergonha até mesmo de escrever para mim, aqui, nesse diário-ilha. É possível ser tão pueril?

Pueril: nome que se dá às pessoas retardadas como eu.

De todas as sequências fictícias que eu inventei, essa é a minha preferida. Estou conversando com J: estamos felizes, dividimos um chocolate, rimos. Levantamos a vista e vemos vocês: pai e filho Arnau avançam na nossa direção, que coincidência. Nossos filhos se cumprimentam superando a timidez típica dos adolescentes. Não se conhecem, mas se viram alguma vez, principalmente sabem que somos amigos: "o amigo chileno da minha mãe", J explica para alguém; uma vez ela disse "aquele teu amigo, o famoso", com um tom de desdém ou incômodo que não consigo distinguir.

Nós nos aproximamos devagar, como gatos que se cheiram, sorrimos cuidando para não mostrar muito os dentes. Nos contemos. Dentro de cada um, o barulho feroz de uma avenida em plena hora de pico – mão e contramão –, um trânsito enorme, engarrafamentos, buzinas. Não é possível perceber. Aos adultos nos cabe isso.

Queria saber quem criou as regras.

~

Sincronia.

Cedo ou tarde, ia acontecer, era dar volta em círculos para entrar no círculo outra vez, a cegas, enquanto uma causa superior nos controlava. Colidimos.

E a partir de então, é difícil voltar à normalidade. Abrir mão.

Você também vê meu lado infantil?

~

Intimidade entre seres destinados a manter distância: interprete-se como um lugar muito escuro que não pode ser descrito com nenhum artefato de palavras sem cair na breguice romântica.

Isso não, breguice, nem no âmbito tão solitário de um diário particular.

~

P quis saber o que está acontecendo, estou diferente, escondida, relapsa, perdida. Lembrei-o de que fico assim quando vou para um estado de escrita. É meu modo de ser em alguns períodos; ele sabe, porque é cíclico, mas é notável que agora suspeita de outra coisa. Me autoabsorvo, escrevo enquanto penso, enquanto caminho, enquanto leio. Quando começo a escrever, todo o meu ser escreve, como diz Marguerite Duras: *tudo escreve, as moscas escrevem nas paredes*. O que lhe omiti foi que, além disso, também tenho uma mosca na cabeça.

Uma mosca gorda, enorme, escura, com asas furta-cor violeta.

Quis saber o que estou escrevendo nesses dias. Eu me pergunto o que você está escrevendo. Aproveito qualquer troca de notícias para te perguntar. Entendi que falar de você e tua produção te entretém, é o que vai manter viva a conversa por mais tempo.

Uma coisa na qual estou muito concentrada – digo a P –, *não tenho energia para falar disso. Tenho dificuldade de falar do que escrevo enquanto estou concentrada.*

Entendo.

Continuamos preparando o jantar em silêncio; como ele é bem mais alto do que eu, gosto de apoiar a cabeça no começo do seu pescoço. Meu único lar real.

~

Por acaso você é a literatura?

Por causa desse efeito dominante, obsessivo, privativo, excludente. Clarice disse: entre livro e livro, vegeto; quando não escrevo, estou morta.

Por essa forma de me seguir e me perturbar para onde quer que eu vá. Porque é o que me permite estar fora, em outro planeta, como quem faz *bungee jumping* no globo terrestre. Lançada à margem do centro e da ordem, sabendo que vou voltar, que alguém (certamente P) vai recolher a corda e vai me trazer de volta até ele.

Lançada inclusive para fora de mim. Escrever faz isso comigo: me engole, me desloca, me faz desaparecer. Quando eu escrevo, não sei onde está meu corpo. E minha cabeça fica cheia de invasores: um monte de eus estranhos desconhecidos que crescem do nada e vestem uma ou várias roupas do meu armário. Desfile de trolls.

~

Você é o que não é.

Nem os problemas da casa, as contas, as crianças, cada uma com suas demandas, mães e sogras, você não é faturas, contadores, salários brutos ou cheques devolvidos, livros ruins para traduzir ou traduções que não ficaram boas, nem um livro importante que foi impresso com errata, você não é colégios, nem professoras, nem provas ou ruas esburacadas, nem reembolsos pendentes ou voos cancelados, nem o medo dos ladrões, nem do sequestro relâmpago, nem uma bicicleta que precisa ser substituída ou arrumada, ou um bolo de aniversário que saiu fora de forma, nem os planos em família nos finais de semana que cansam, você não é o formulário médico necessário para as aulas de natação ou para o acampamento, nem o aparelho dentário que custa uma fortuna ou as cáries para obturar, você não é as férias com o bagageiro cheio e as crianças de mau humor porque não gostam do lugar, você também não é o banheiro que perde a porta que não fecha, nem o hino à bandeira, a fantasia para a festa, a viagem de final de ano que as mães da escola pagam em vezes divididas em grupos de sim e não, minha mãe hipocondríaca, meu pai onipresente, minha irmã, minha inimiga absoluta, nem sequer o incômodo de um corpo maduro que começa a perder força e se infla ou se expande, perde cabelo, adquire manchas e palidez. Você não é o jardim dos fundos que está murchando como eu nessa época, a menos que alguém como a eu de antes decida tomar as rédeas e reverter isso.

~

Literatura em contextos assim: uma produção de desculpas e relatos concatenados em uma réstia insaciável de mensagens entre telefones quando o encontro ao vivo está blindado. Cfr. também *Livros*: substituição ou extensão do contato físico.

Veja-se. História de Paolo e Francesca, em Alighieri, Dante, *Divina Comédia*, canto V, "Inferno".

~

Você é o que fica fora, em outro lugar. O que toco quando estico as mãos do *bungee jumping*, ar expandido, mais além, tudo é diferente ali, o sonho vai se desintegrar quando comece o dia. Ou quando pare de escrever.

~

Sincronias. Em que onda da literatura você deve estar viajando?

Literatura: uma forma de deslocamento. *Commuting.* Comutar. Tornar-se outro/a.

Faz dias que você não responde, e eu sei quando parar de tentar.

~

Fui mudando o teu nome no contato do meu telefone para que minha família não te descubra, caso eu o deixe por aí.

No começo, e durante muito tempo, você aparecia como Escritor Arnau (Valparaíso).

Depois, Gastón Arnau.

Gastón.

Em um momento mais delicado, GA.

Neste momento, você se chama AI (Amigo Imaginário), porque acredito que ninguém vai te encontrar assim.

A desordem do teu nome.

~

No último dia em Guadalajara, você abriu as comportas: *estou pensando em me separar.* Foi a coisa mais pessoal que me disse naqueles dias, além dos teus gostos e desgostos literários dos últimos anos, os pesadelos editoriais, as turnês luxuosas, as traduções, que, no teu caso, chegam aos rodos cada vez que você publica alguma coisa.

Naquela mesma noite, muito tarde, te escrevi:

Também me assusta.

?

A exclusividade. Toda a vida adulta compartilhada com apenas uma pessoa.

Me assustaria que não te assustasse.

É a primeira vez que penso nisso em quase duas décadas; antes pensava exatamente o contrário.

Passaram alguns minutos.

No teu caso e no de C... se você tem certeza, vá em frente.

Não tenho certeza de nada.

~

À noite, sonhei uma coisa que me deixou muito perturbada: P morria. Foi angustiante, me fez lembrar quantas vezes pensei que a minha vida sem a sua companhia não teria o menor propósito; sem ele em casa, a única coisa que faria era sobreviver para nossos filhos, só isso, sem nenhum outro interesse por nada. Quem sabe a escrita me salvasse infimamente, utilizaria essa dor endemoniada para escrever. Não ia querer mais ninguém, nem amores, nem convivências.

Que alívio enorme quando acordei e o vi tomando chá na cozinha.

Queria que fosse desmedidamente eterno.

~

Grafômona: diz-se de quem não tem perdão.

~

Faça o que fizer durante o dia, me transporto ao momento em que eu vá te contar, o que você vai dizer, como você vai interpretar o que eu disser, no que a conversa vai derivar. Imagine isso multiplicado ao infinito, como alguém que para na quina de um espelho, na junção de dois reflexos. E, depois, a frustração, quando o intercâmbio não acontece. Ou apenas muito contido, formal. Como um pedestre que quer atravessar, mas vacila, avança e retrocede, porque os semáforos não estão funcionando.

Depois daquele sonho horrível, durante o dia inteiro dediquei minha doçura habitual a P. Culpa? Talvez um pouco. A conexão não é evidente, mas mal acordei e associei uma coisa com a outra: me afastei dele nesses últimos meses. Desviei uma boa parte da minha atenção. Estou partida, mal(repartida), dividida ao meio.

Com você, também me repito, é apenas uma bobagem. De qualquer modo, alguma coisa mudou. Te dedico ideias que antes tinham a P como único receptor. Senti que o sonho era um mau presságio. Se o deixo assim, de lado, vou perdê-lo. Nos últimos tempos, tirei dele uma porção de conversas nossas, ele ficou com o lote conservador, o que é preciso falar quando alguém convive durante vinte anos e tem filhos.

É como se, de repente, você tivesse levado esse fino pedaço do *outro*, o outro continente: começando pela literatura. A fantasia. Fino e reservado pedaço que é tão essencial. Sem ele, não sei existir, me desfaço.

Então, estamos dizendo que tirei da minha relação conjugal o mais imaginativo, o mais vital? Arrebatei seu voo? Dei para você a literatura e deixei para ele o literal, você não acha injusto? Te odeio um pouco. Ainda que se não tivesse tido a oportunidade de percorrer este estranho parque temático das emoções, não poderia estar produzindo isso tudo.

A literatura, muito frequentemente, enquanto fim, justifica todos os meios. Isso eu juro.

~

Leio os teus livros. Quase sinto quando você lê os meus, apesar dos mil duzentos e trinta e cinco quilômetros de distância.

Comunicar-se, em casos como o nosso: mascaramento verbal do físico.

Cfr: Sublimação.

~

Teus áudios, você tem uma voz envolvente que me faria dormir. Tua voz é um lugar. Não é certo que eu diga isso. E me desdigo, me desligo, apenas estou brincando. Acontece isso com quem escreve. Nada é real. Nos apaixonamos pelas possibilidades das frases, suas combinações, suas distorções. Não leve a sério o que eu escrevo.

("Não leve nada a sério, vamos morrer de qualquer jeito." Alphonse Allais).

De vez em quando, escuto os teus áudios repetidas vezes. Rio sozinha.

Minha filha percebe, não é nenhuma tonta. Outro dia estava caminhando com ela e, ao olhar uma mensagem tua, enfiei o pé inteiro dentro de uma poça de lama, sujou toda a calça, parte da camisa, até o cabelo e a bolsa. Ri, gargalhei, mais pela tua mensagem que pelo incidente. J perguntou o que eu tinha, contei que era uma coisa tua. Pronunciei teu nome como uma menina. Quando chegamos em casa e P se surpreendeu com o meu estado, ela mentiu para ele:

Enfiou o pé na lama porque estava lendo uma mensagem de trabalho, a desajeitada.

J, a que ainda não completou treze anos.

~

Me lembrei. Te escrever é escrever. Esta é a ideia que tive faz um tempo.

~

Percebo que, nesses meses, a tua ameaça aumentou ainda mais a atração entre P e eu. Tua é a renovação ferozmente carnal dos nossos votos.

~

O primeiro pensamento ao acordar, o último da noite. Absurdo. Gastón.

Os intervalos de silêncio são cada vez mais explícitos.

~

Me inventei como escritora; aqueles que me leem me inventam como pessoa, noto isso cada vez que entram em contato comigo ou me fazem perguntas. Será que também te inventei?

Talvez Vivian Gornick tenha razão quando diz que as conversas intelectuais injetam erotismo nas relações comuns.

~

Dédalo construiu um labirinto e deu asas para seu filho, Ícaro, mas lhe advertiu que não voasse perto do sol. Ícaro não lhe deu importância e as asas derreteram. Você é o sol?

Teria ido direto para o teu quarto naquela noite em que, de repente, tudo ficou tão evidente, falávamos de livros, já estávamos no brinde do brinde do brinde final. Me descalcei, me esquivei[3*], vi o teu gesto cair no vazio. Te evitei justamente porque tinha a ideia fixa. Não confiava em mim, muito menos em mim do que em você.

~

Outra das respostas que estive ensaiando.

Na primeira infância, todos temos amigos imaginários: alguém com quem falamos quando os adultos não nos veem; pode ser um boneco, um animal de estimação ou um ser fantástico. Alguns anos depois, no ensino fundamental, as meninas levamos esse diálogo interior para um diário secreto. O comum é falar com o diário como se fosse uma pessoa. Fiz isso dos meus seis até os meus

---

[3*] *Nota:* Comprovo que *evitar, esquivar, mentir* e *desculpa* são os termos mais usados neste diário. Vai saber por quê.

vinte e cinco anos, quando foi preciso esvaziar a casa dos meus pais por causa de uma mudança, juntei todos os cadernos acumulados (acho que eram uns trinta), os coloquei em sacos de lixo que terminaram parecendo e pesando como se carregassem cadáveres. Os deixei no depósito de lixo do prédio. Desde então, gosto de fantasiar que alguém os encontrou, foram salvos do fogo e foram lidos; depois, aquele estranho escreveu um romance que circula por aí.

É a história da minha vida sem que eu saiba.

Mais tarde, principalmente no ensino médio, esse lugar é ocupado pela melhor amiga, alguém que acreditamos não poder viver sem. Ela é tudo para nós. Os homens vivem isso de um modo diferente, mais comedido.

Para os que amamos a literatura, tenho a impressão de que, depois, em outra etapa, estabelecemos esse diálogo com os livros. As leituras de outros autores abrem perguntas que tentamos responder enquanto vivemos ou escrevemos. Já não precisamos tanto de um par, de outro, precisamos do outro inteiro – do outro inteiro: o universo mais além. A literatura.

Forjamos uma relação com os autores e com universos remotos.

Quando tudo isso aparece personificado em alguém concreto, se tem a impressão de estar diante de um mistério sem explicação. Formidavelmente delicado.

~

Desculpe a incontinência, você deve me achar uma insuportável. Não passa um dia sem que eu te escreva alguma coisa pelo celular ou pelo e-mail. Mensagens e mais mensagens. É a primeira coisa que olho ao me levantar, a última que checo na cama, ao lado de P.

P percebe, mas não se inquieta, conhece perfeitamente a minha natureza ou a ambivalência de pessoas como eu: sabe que estou feita de ficção e que, portanto, vivo desdobrando, desfolhando a realidade. Outro dia, abriu o jogo, disse que já sabia que eu estava em contato permanente com você. Surpresa, perguntei se não se sentia incomodado. Sorriu e repetiu: *Confio em você, em nós.*

Eu também, de verdade.

Meu Fim Absoluto: P. Nunca o perco de vista, não importa a distância... Também reúno forças e decido não te escrever mais. Quando conversamos desse jeito, passo todo o dia mal, mais isolada que quando escrevo.

~

Ultimamente, me vejo nas protagonistas de María Luisa Bombal, que olham encantadas pela janela enquanto chove, esperando que apareça um apaixonado inexistente. O inominável. Dão pena.

~

Literatura: a invenção da invenção, uma elaboradíssima mentira.

Mentimento: diz-se da nossa imensa capacidade.

~

Às vezes, percebo que nossas mensagens são como vagalumes na escuridão, brilham fora de contexto, não estão presas a nada, nem sequer a fios transparentes, como as marionetes. Nas nossas trocas de mensagem, não há lugar para a política, para os dramas sociais ou climáticos, para o que comemos ou vemos na televisão, nem sequer para a peste. Apenas falamos do imaterial, livros, em sua maioria, personagens. E o volumoso nada que há por trás de tudo o que gostaríamos de falar, mas calamos.

~

Quero acreditar que você já não me escreve e quase não me responde, a não ser com parcas monossílabas, porque está passando por algum de teus momentos de escuridão. Sequer sei se se separou de C ou não, você parou de falar. Mas, claro, o pacto tácito é que dessas coisas não se falam: o literal não se inquere, deixamos que permaneça assim, literal e na sombra.

~

"Escrevo para estar sozinha", diz Jhumpa Lahiri, e me identifico com ela. Sem essa perda de consciência – essa espécie de desmaio que produz o corpo quando entra na ficção – me embalsamo.

Confio tanto em P que, há alguns dias, estive a ponto de lhe perguntar o que ele acha que sinto por você, o que é isso que acontece comigo?, por quê?

~

P e as crianças saíram para passear. Fiquei escrevendo de novo, e mais uma vez me pergunto: vai valer a pena? Perder a infância deles, perder as férias de P, por estar presa ao imutável, fossilizado, impessoal.

Vida versus vida escrita. Vida de verdade, vida de mentira, a deles, a minha.

Ou, na verdade, fico porque tenho esperanças de falar com você?

Há muito tempo não tinha passado por nada tão arriscado e imbecil. Fui rebelde quando jovem, mas agora faz décadas que adotei uma responsabilidade social sustentável.

~

Não me aguentei e te mandei uma mensagem curta:

Eles saíram de novo e eu, aqui dentro, escrevendo. Você está bem?

Uma umidade nojenta (fumei três cigarros ontem à noite em um jantar chato regado a álcool) com a família em casa. Esperando que caia uma bomba do céu.

Fiz uma brincadeira, mas você nem sequer leu.

No meu telefone, você adquiriu uma capacidade assombrosamente multifacetada: mudei, mais uma vez, o teu nome de contato, que tinha agendado com AI.

Você voltou a ser Arnau.

~

Que você se apague me favorece em vários sentidos: comprovo a sua condição de genoma fantástico. O teu desaparecimento me obriga a estar menos ausente na minha família e a me reconectar com os seres queridos, as amigas que deixei de lado enquanto trocava compulsivamente frases com você. Como quando apenas escrevo.

~

Talvez seja como disse o protagonista de *Niebla*:

"Tenho, então, três: Eugenia, que me fala à imaginação, à cabeça; Rosario, que me fala ao coração, e Liduvia, minha cozinheira, que me fala ao estômago. Cabeça, coração e estômago são as três faculdades da alma que os demais chamam de inteligência, sentimento e vontade. Se pensa com a cabeça, se sente com o coração, e se ama com o estômago".

Eu, no momento, estou em dois, nunca fui de comer muito.

~

Mais de um mês sem nenhuma notícia tua. Para ser sincera, não sinto tua falta, constato que você é um personagem de filme que se despixela e perde consistência. Por um lado, me tranquiliza, por outro, preferia que tua ausência significasse alguma coisa, para que também houvesse significado alguma coisa tudo o que veio antes.

~

Apago o teu contato do telefone.

Disse para P o mesmo que te disse:

Me assusta pensar em uma vida de exclusividade. Já compartilhamos vinte, como se compartilham quarenta, cinquenta anos?

Não sei, ele respondeu, nunca aconteceu comigo.

Mas você não se assusta?

Se é com você, não.

Sim, vai ser comigo.

Vai ser comigo, sempre dividida entre a literatura e a vida.

Que assim seja.[4*]

[4*] expr. Denota que se encaram as consequências de uma decisão, por mais perigosas que elas sejam.

O sonho de Leila

Nas últimas linhas, o pedido de minha mãe dizia assim:

Se não conseguir viver sob a luz da transcendência literária, tua mãe vai querer morrer imersa nela. Por isso, talvez você possa ajudar a planejar um final como deveria ter acontecido. E, para isso, você precisará pensar em uma morte. Ou várias.
Por exemplo: htpps://es.wikipedia.org/wiki/Leila Ross.

Leila Ross Douglas de Almeida, conforme transcendeu, morreu quando subia (ou descia) a escada de dentro de sua casa carregando uma pilha alta de livros nas mãos. As deduções feitas, posteriormente, pelos seus próximos e pelos investigadores estimam que deveria estar abraçada a eles quando pisou na ponta do seu vestido comprido (a bainha estava rasgada) e perdeu o equilíbrio. Rolou escadas abaixo. Não pôde ser esclarecido se morreu pela batida na escada ou pelo ataque de seus próprios livros, que a nocautearam na queda e poderiam ter amassado a sua cabeça. A autópsia não contemplou essa hipótese. Os familiares preferiram que se propagasse um final romântico no qual Leila Ross teria ficado agarrada a uma parte dos volumes, com o claro gesto de protegê-los. Sua expressão parecia a de alguém satisfeita consigo mesma.

Segundo outros rumores, a verdadeira versão de sua morte mostra Leila Ross Douglas em um cenário que costumava frequentar: a academia. Dizem que andava diariamente na esteira ou fazia bicicleta ou elíptico, enquanto lia e sublinhava com lápis e, inclusive, apagava se a linha saía ondulada ou torta (por isso comprava lápis com borracha). Assim, sentia que cumpria duas tarefas de uma só vez – manter o estado físico e o intelectual – e que aproveitava o seu tempo ao máximo, já que perdê-lo costumava transtorná-la. Ao que tudo indica, em certa ocasião, se envolveu tanto com um parágrafo de Flaubert sobre o vício de escrever que, no momento exato de esticar a mão para fazer os pontos de exclamação gigantes com lápis ao lado do parágrafo, Ross apertou sem querer o botão que acelerava a velocidade da esteira, seus pés não conseguiram se adaptar ao novo impulso, e caiu de tal jeito que sua cabeça bateu contra a máquina vizinha com tão má sorte que viu arrebatada a sua vida ainda vigorosa. Para piorar a desgraça, esse descuido valeu meses de investigação policial ao dono da academia, que proibiu o exercício combinado de leitura e atividade física em todas as filiais. Outras redes de academia o imitaram como prevenção: ao entrar, os clientes deveriam abdicar de qualquer propósito livresco dentro das sedes com fins esportivos. Foram desenvolvidas cestas nas quais deixar os livros. A literatura em movimento agonizou até que as pessoas se esqueceram e algum ousado ou distraído leitor a restituiu. A família de Leila Ross conserva, exibido em uma cristaleira da casa, o volume com aquelas últimas marcas exaltadas e letais.

Não faltou a teoria de que sua morte se deu enquanto levava a cabo outro de seus muitos costumes livrescos. Dirigia o carro do marido enquanto escutava audiolivros. Daquela vez, ficou tão sintonizada com o relato de *Bartleby, o escrivão* – quase podia recitá-lo de memória, é provável que fosse balbuciando as palavras junto com o narrador – que não percebeu quando um caminhão atravessava pela sua esquerda em alta velocidade e, por desgraça, bateu no seu carro. Há aqueles que somam a essa versão que o acidente se deu quando Ross se distraiu alguns segundos para anotar uma frase que lhe interessou do que escutava, quis digitá-la em um arquivo do seu celular no qual registrava ideias soltas. Anotava frases de outros autores que lia ou escutava em situações de mobilidade, ideias próprias que tinha medo de esquecer ou detalhes que observava na rua, como também endereços de que precisava para chegar a algum lugar, já que sempre se perdia e vivia geograficamente desorientada. Os familiares exploraram esse arquivo e concluíram que servia para iluminar aspectos incompreensíveis de suas manias ou referências obscuras de sua narrativa. Por sua vez, os peritos policiais manifestaram que a frase copiada por Leila Ross daquele livro dizia: "se me atravesse a expelir uma única palavra dura contra essa desamparadíssima humanidade". Puderam detectá-lo pela coincidência entre o começo da anotação e o que repetia a fita em *looping* no momento do resgate, porque, apesar da perda total do carro, o áudio do romance continuou reproduzindo nesse ponto.

Uma das fontes consultadas para a análise do seu infeliz, mas, ao mesmo tempo, insólito final, sustenta que Leila Ross escondia artigos de valor (ou de valor emocional, como HDs que continham cópias das fotos familiares ou dos seus manuscritos) entre os livros que menos lhe interessavam, como os guias turísticos ou os livros de receita, exibidos na parte mais alta e escondida das prateleiras da sua biblioteca. Dava por certo que nenhum ladrão se incomodaria em olhar ali. Certa vez, quis pegar alguma coisa. Subiu em uma banqueta de cozinha muito frágil e, como não encontrava o que procurava, ficou na ponta dos pés e esticou a mão direita o máximo que pôde, tateando o espaço a cegas. Como qualquer leitor se antecipa bem em supor, a banqueta perdeu a estabilidade e começou a sacudir de um lado para o outro embaixo dos seus pés. A reação da escritora foi diferente da que outros mortais teriam tido (isto é, se desfazer dos livros e pular no chão); ela, ao contrário, se abraçou com toda sua alma à estante, que decidiu se soltar da parede e caiu inteira, junto com a mulher, no chão. Estante desfeita sobre pessoa dá um resultado poeticamente louvável, mas materialmente tão desagradável que a testemunha próxima – que escolheu manter o seu anonimato – se absteve de dar detalhes de como ficou o cenário e a vítima.

Segundo outra investigação, em virtude de que a autora Leila Ross não queria perder tempo com coisas que considerava desnecessárias quando estava sozinha, como comer, engolia ovos cozidos ou sanduíches de pão Pullman enquanto continuava com a sua ininterrupta tarefa de ler ou escrever. A tal ponto resistia desperdiçar seu tempo lívrico com semelhantes questões inoportunas que usualmente sequer se incomodava de tomar um copo de líquido para abaixar, pelo trato digestivo, aqueles alimentos tão secos. Se afogava com frequência, mas seu corpo estava acostumado a esse tipo de maus-tratos. Ela tinha tornado o seu corpo uma espécie de draga.

Se comenta que, naquela última e fortuita vez, estava tão distraída no momento de encher a boca para calar o estômago que o pão do sanduíche – ainda que pudesse ser a gema do ovo – ficou parado em sua garganta, cortando completamente a respiração. Pelas deduções familiares e médicas, dado que estava sozinha, sem testemunhas, se interpretou que lia em cima da cama quando aquilo aconteceu, não chegou a se levantar e alcançar o banheiro para tomar água da pia, que poderia ter diluído aquele alimento desastroso parado na sua traqueia. A encontraram repousando com serenidade em uma pilha de almofadas. Em cima de sua saia, estava fechado o volume *Concrete*, de Thomas Berhnard. Um lápis marcava a página em que tinha detido a sua vida. Ambos os objetos foram conservados.

Outros ainda acreditaram que tinha sido levada por um câncer comum, no Registro Civil, intitulado como *Leila Ross – Morte Literária*, ficou demonstrado que encontraram, no seu corpo sem vida, diversos elementos tóxicos responsáveis, certamente, por complicar sua saúde. Por um lado, o sangue estava misturado com tinta, em porcentagens iguais, o que determinou que o elemento que corria pelas suas veias não fosse azul, como nos contos das princesas, mas violeta. A partir dessa descoberta, um grupo de cientistas bibliófilos decidiu iniciar uma pesquisa para investigar a fundo a questão, com a suspeita de que, talvez, aquele fosse o tipo de sangue que habita os escritores.

Por outro lado, se identificou que, na conformação das suas células, existia um componente cromossômico derivado do consumo aditivo de celebérrimos autores e títulos literários. Juntos e misturados, atuaram como estímulo, causando um efeito prejudicial para o funcionamento regular do organismo e fizeram colidirem os neurotransmissores. Do mesmo modo, se destacou a presença de um ácaro que costuma se alojar no papel em quantidades congestivas e indigeríveis para um organismo humano saudável, o que derivou: a) que seu cérebro pesasse o dobro de qualquer cérebro normal, b) que seu corpo não conseguisse continuar suportando o sobrepeso da massa encefálica, e c) que houvesse um dano irreparável ao sistema imunológico que acabou por consumi-la. O diagnóstico final sentenciou que a autora Leila Ross Douglas de Almeida nasceu com literatrose (vício literário incontrolável) e padeceu tanto de literatrofagia (consumo excessivo de livros) quanto de literatrofia (atrofia da hipófise devido a uma congestão descomunal de leituras).

O documento está assinado por um tal Dr. Piglia que, por sua vez, segundo se sabe, acabou expondo para os desenganados parentes, que pouca coisa entenderam do informe prévio, uma explicação transcendente para o âmbito literário; atualmente, consta em diversas publicações ou é citado por aqueles que pesquisam casos similares. Definitivamente – disse –, nada do que aconteceu a essa senhora é novo. "No Dupin de Poe, como em Hamlet, como em Dom Quixote, a melancolia é uma marca vinculada, de certo modo, à leitura, à doença da leitura, ao excesso de mundos irreais, ao olhar característico da contemplação e ao excesso de sentido. Mas não se trata da loucura, do limite que produz a leitura desde o exemplo clássico do Quixote, mas da lucidez extrema. Dupin é a encarnação do grande racionalizador. Leila Ross, também."

Sobre a autora

Mariana Sández (Buenos Aires, 1973) é escritora, jornalista e gestora cultural. Formou-se em Letras em Buenos Aires, estudou Literatura Inglesa em Manchester e fez mestrado em Teoria Literária e Literatura Comparada em Barcelona. Escreve para El Periódico da Espanha, Revista Ñ (Clarín) e La Nación da Argentina. Na ficção, publicou o romance *Una casa llena de gente* (Compañía Naviera, Argentina, 2019; Impedimenta, Espanha, 2022), o livro de contos *Algumas famílias normais* (Compañía Naviera, 2020) e o ensaio *El cine de Manuel* (2010). Vive em Madri.

Sobre a tradutora

Nylcéa Thereza de Siqueira Pedra é professora no curso de Letras da Universidade Federal do Paraná. Atua principalmente na área de ensino de espanhol como língua estrangeira, suas respectivas literaturas e tradução. Como tradutora literária, já traduziu para o português várias obras de autoras contemporâneas da literatura espanhola e hispano-americana e também as *Doze Novelas Exemplares* de Miguel de Cervantes.

Este livro foi produzido no Laboratório Gráfico
Arte & Letra, com impressão em risografia
e encadernação manual.